你走了,你种下的花儿却留了下来,
它们在蓬勃生长。
——《"给"永远比"拿"快乐》

此前，我只是为你哀伤；
此后，我对你充满希冀。
——《穿过绿色小径去见你》

我无意拥有任何东西，
不会凭借勇气和力量自吹自擂。
————《我从来没有看错自己》

I Tread
The Green Path
To Meet You

穿过绿色小径去见你

[美] 狄金森 等 著

张 容 等 译

天地出版社 | TIANDI PRESS

图书在版编目（CIP）数据

穿过绿色小径去见你 /（美）狄金森等著；张容等译. —成都：天地出版社，2025.1.—ISBN 978-7-5455-8542-1

Ⅰ.I16

中国国家版本馆CIP数据核字第2024GQ7017号

CHUAN GUO LÜSE XIAOJING QU JIAN NI
穿过绿色小径去见你

出品人	杨　政
作　者	［美］狄金森 等
译　者	张　容 等
责任编辑	孟令爽
责任校对	杨金原
封面设计	尚燕平
内文排版	麦莫瑞文化
责任印制	王学锋
出版发行	天地出版社 （成都市锦江区三色路238号　邮政编码：610023） （北京市方庄芳群园3区3号　邮政编码：100078）
网　址	http://www.tiandiph.com
电子邮箱	tianditg@163.com
经　销	新华文轩出版传媒股份有限公司
印　刷	河北鑫玉鸿程印刷有限公司
版　次	2025年1月第1版
印　次	2025年1月第1次印刷
开　本	787mm×1092mm　1/32
印　张	8
字　数	156千字
定　价	52.00元
书　号	ISBN 978-7-5455-8542-1

版权所有◆违者必究
咨询电话：（028）86361282（总编室）
购书热线：（010）67693207（营销中心）

如有印装错误，请与本社联系调换

编者的话

在信息不发达的时代,书信是人们建立联系的重要载体。法国思想家伏尔泰曾说:"书信是人生的安慰。"的确,一封家书慰藉了游子的思乡之情,一封情书缓解了恋人的相思之苦,一封致友人书拉近了朋友间的距离……在书信中,绝大部分人都会卸下心防,把自己的情感、思想乃至偏见和盘托出。

本套书选取了54位世界知名文学家的信件,内容涉及爱、友谊、勇气、文学与艺术鉴赏等方面。我们之所以选择文学家的信件,有以下四点原因:

第一,文学家笔触或凝练,或优美,或诙谐,或充满哲思,读起来赏心悦目,让人受益匪浅。比如,聂鲁达说他要给爱人写木质的十四行诗,让爱人的双眸在里面安家,何其浪漫;在写给侄女的信中,泰戈尔详细、精准地描写了故乡孟加拉地区的风光,仿佛一幅水乡风景画徐徐展开;乔治·奥威尔把房子托付给朋友照管时,前一句话在说时局动荡,后一句话就写上厕所不要用厚厕纸,让人猝不及防,啼笑皆非。

第二,在文学作品中,文学家的言辞或许有所收敛,但在书信中,文学家能更自由地表达自己,让读者得以窥见文学家部分真实的样貌。比如,一向给人以硬汉印象的海明威,其实也有温情脉脉的一面;毕业于牛津大学的学霸王尔德,我们原以为考试对他而言是小菜一碟,没想到他也会因考试而焦虑,甚至也会考试不及格;风流倜傥、挥金如土的菲茨杰拉德在面对青春叛逆的女儿时,如同每个有孩子的家长一样,也恨铁不成钢,却又无可奈何。

第三,阅读文学家的信件,能够启迪我们更加艺术地、圆融地、自洽地生活。比如,在写给儿子的信中,高尔基告诫儿子"'给'永远比'拿'快乐";司汤达指导妹妹,女性要塑造自己的性格,要以杰出人物为榜样;诗人狄金森干脆说"活着就是其乐无穷",她为活着感到狂喜。

第四，在一定程度上，文学家是一个时代的缩影，我们可从这些文学家的信件中管窥时代发展的脉搏，尤其是价值观的变迁。编者选取的文学家都出生在18世纪到20世纪，阅读这些书信时，犹如穿越到他们的时代，在字里行间感受着那个时代的气息。

这些文学家之所以备受后世推崇，原因不仅仅在于他们精心创作公开发表的作品上的伟大，更在于他们本身知识的渊博、思想的深厚，乃至于在随手写就的信件中都闪着智慧的光芒。

在目录编排上，编者并没有把同一个文学家的书信放到一起，而是从书信内容的主题上予以划分。当然，需要指出的是，书信原是一种非公开的表达，文学家在写信时不会像写文章那样一定有明确的主题。书信的一大特点就是没有主题限制，文学家们往往信手拈来，非常随性，很多时候上段在写自己的衣食住行，下段就写自己的文学见解。编者在根据书信内容进行主题划分的时候，基本按照信中内容关于主题的占比多少进行大致划分。当有的书信内容涉及多个主题且关于各主题的占比差不多时，编者会根据每章的信件数量酌情归类。在每章中，同一个国家地区的，则以写信时的落款时间先后为序。

本册《穿过绿色小径去见你》共六章，"整个夏天，你都是我的骄傲"主题为家庭教育或亲子关系，"没有一件令您蒙耻"主题为亲情，"穿过绿色小径去见你"主题为友情，后三章的主题皆为爱情，大体展现了作家们在爱情的不同阶段时的状态。

为了方便读者理解和把握书信的内涵，编者在每封书信的开头做了简短的背景介绍。关于书信的标题，编者没有采用写信时的时间或收件人作为标题，而是从信中摘取精彩的原话。这句原话或是彰显作者意志，或是体现全文主旨，或是迎合主题归类。有一两个不容易找出精彩原话的标题为编者所概括。读者不难发现，参照这个标准，三册书的书名也是源于此。

在书信内容的分段上，编者基本遵从书信原有段落的安排，但有的作家出于个人习惯，信写得很长且未分段，编者酌情进行了分段，以便于读者阅读。

所有书信中提及的人名，译者均根据《世界人名翻译大辞典》《俄语姓名译名手册》进行翻译。

脚注部分，编者根据《辞海》及作家的生平资料进行编写。

对于信件内容的翻译，译者在忠于原文的基础上，力求传达出作者的心绪、风格及精神。但由于部分信件距今十分久远，可供查询的资料甚少，因此背景介绍和脚注或有不足，这点还望读者谅解。

编者希望通过书信这一种特殊的文体形式，能让读者更了解耳熟能详的文学大家，领略到他们在作品之外的风采。

目录
Contents

整个夏天，你都是我的骄傲

整个夏天，你都是我的骄傲 / 菲茨杰拉德	003
最起码能自食其力 / 约翰·奥哈拉	021
秘诀 / 切斯特菲尔德	025
我想要更爱你 / 屠格涅夫	032
"给"永远比"拿"快乐 / 高尔基	036
谢谢你们对我这么好 / 托尔斯泰	039

没有一件令您蒙耻

没有一件令您蒙耻 / 海明威	045
我是你唯一的守护者 / 济慈	050
我对他的沉默非常难过 / 司汤达	053
获得描绘快乐的能力 / 司汤达	058
为什么我会说我怕您 / 卡夫卡	068

穿过绿色小径去见你

穿过绿色小径去见你 / 狄金森　　　　127

带你去看日落 / 狄金森　　　　131

夜莺为你我鸣唱 / 王尔德　　　　135

最好是夏天来 / 托马斯·哈代　　　　138

里面藏着一只可爱的松鼠 / 伍尔夫　　　　141

大海足以安慰他们 / 纪德　　　　148

你仍如我的生命一样珍贵

木质的十四行诗 / 聂鲁达	153
你仍如我的生命一样珍贵 / 爱伦·坡	156
眼前第一个浮现的人就是你 / 马克·吐温	162
你的指尖轻轻一搅 / 福楼拜	165
饱受相思之苦 / 劳伦斯·斯特恩	173

我从来没有看错自己

爱情不是玩物 / 济慈	177
我想在远方与你相随 / 乔治·桑	181
我从来没有看错自己 / 乔治·桑	184
以理性的态度 / 莫泊桑	205
我想要你开心 / 加缪	211
因为有黑暗，才有光明 / 小林多喜二	215

我会幸福的

忘记两件东西/小仲马　　　　　　　　　　221

我会幸福的/弗朗西斯·伯尼　　　　　　　223

我的爱无可救药/雪莱　　　　　　　　　　228

我不屑于说谎/夏洛蒂·勃朗特　　　　　　232

你不是为她好/D.H.劳伦斯　　　　　　　　234

整个夏天，你都是我的骄傲

整个夏天,你都是我的骄傲

/ 菲茨杰拉德

菲茨杰拉德成名后不久,妻子患病。为支付妻子的医疗费用和女儿的学费,他在好莱坞担任编剧,并兼职撰写散文、短篇小说。在繁重的工作间隙,他给女儿写信,谈论关乎女儿的一切,如学业、人际、婚恋等。

(一)

亲爱的甜心:

我十分牵挂你的学业。你的法语阅读学得怎么样?可否多与我讲讲?得知你过得很幸福,我感到高兴——尽管我不太相信幸福。同样,我也不相信痛苦。幸福与痛苦,常见于舞台、银幕和书,却不是生活中切实发生的事。

生活中，我只相信一分耕耘，一分收获（依天分而定），而虚度年华，必加倍受罚。如果营地图书馆有莎士比亚的《十四行诗》这本书，你可否向泰森夫人借阅？书中有一句："腐朽的百合比野草更臭不可闻。"

今日毫无头绪，起床至今，我似乎就为《星期六晚邮报》构思了一篇故事。一想起你，我就满心欢喜，但你如果再喊我一声"老爹地"，我就去把"白猫"抓出来，狠狠打一顿他的屁股，你每回没大没小，我就赏他六个巴掌。你觉得怎么样？

我会付清夏令营的费用。

小傻瓜，我就写到这里吧。

该担心的事：
担心勇气
担心洁净
担心效率
担心骑术
担心……

不该担心的事：

不担心舆论

不担心玩物

不担心过往

不担心未来

不担心成长

不担心被人超越

不担心胜利

不担心失败，除非是咎由自取

不担心蚊子

不担心飞蝇

不担心所有虫子

不担心父母

不担心小伙子

不担心失落

不担心欢愉

不担心满足

应思考的事：

我真正的目标是什么？

相比于同龄人，以下几点，我有何优势？

1. 学识；

2. 我是否真正理解他人，并与他人友好共处？

3. 我是否真正善待这具肉身，使它尽其所能，还是对它漠不关心？

最爱你的爸爸
1933年8月8日

马里兰州陶森市罗杰斯福奇之和平公寓

另提一句，若你再对我以"老爹地"相称，我便要用一个"蛋"字回敬。此字说明：你羽翼未丰，无论是敲破你蛋壳，还是予你以重击，全凭我心意；只要我向你的同伴们透露你这个绰号，他们绝不会忘记"菲茨杰拉德家的蛋"。此生被冠以"蛋仔菲茨杰拉德"或"坏蛋菲茨杰拉德"之名，又或许，人们会借此乱起各种昵称，你以为如何？我对天发誓，你胆敢再试一次，我保准让你永远甩不掉这个字。何必难为自己？

无论如何，此爱不移

（二）

亲爱的女儿斯科蒂娜：

我打消了在你生日当天去看你的念头，决定等感恩节再过去。我一定如约前往，顺从上帝的旨意，尊重你本人的建议。你大概已经明白，我现在一个月付不起两趟旅费，这是事实；那么，我相信，你不会太过失望。

先说说我的情况：这条手臂已度过危险期，不出几日，我便能恢复如常，但估计还需休养三四周。上周六，我随弗林一家去看橄榄球赛，今年这场和去年此时你我同看的那场秋季赛没什么两样。莱夫第风采依旧，诺拉潇洒如常。他们多次问起你，并非因礼貌而寒暄，而是出于对你的真心欣赏，我是指，他们二人皆如此。得知你在学校表现优异，他们俩欣喜无比。

我已定好圣诞节的计划，简单来说，安排如下：如果经济允许，我们将在巴尔的摩①为你举办派对，地点选在贝尔维德或斯塔福德②！接下来，圣诞节当日，你

---

① 美国马里兰州最大的城市，大西洋海岸的重要海港。——译者注（如无特别说明，本书注释均为译者所注）
② 皆为巴尔的摩的老牌酒店。

可以选择留在这里和妈妈一起过节（这次不会像在瑞士过圣诞节时那么糟），也可以选择带上有经验的陪护，和妈妈一同前往蒙哥马利，与祖母共度圣诞节。节后返校前，或许你可以在巴尔的摩再住几日。

千万别因为你的故事未上榜而灰心丧气。同时，我无意鼓励你继续写作，因为若想跻身顶流，你终究只能靠自己，过五关，斩六将，吃一堑，长一智。作家不是凭空想当就能当上的。假设你想表达什么，只有你感触深刻时，才能找到与众不同的表达方式，写出独到之处。所以说，表达内容与表达方式是一体的——二者相互依存、不分彼此。

容我再唠叨两句，我的意思是，你的感受与思想本就自成一派。每当谈及风格，人们常叹一句"新颖"，他们只当这是种新颖的文风，实际上，这是作者表达新观点的意愿，心志坚定，故而新奇。这项事业极度孤独，你明白，我绝不希望你走上这条路。但你若坚持己见，希望你学一学我多年来积攒的经验。

为何你总因教学楼之类的事发怨言？当初自主择校，你不是排除其他，视这所学校为上佳之选吗？当然，学业艰难，但凡有益之事都不容易。你也知道，从小到大，你绝对不是温室里的花朵，还是说你突然想要挣脱我？亲爱的女儿，你深知我爱你，希望你沿着我最初为你铺好的路走下去。

斯科特[①]

1936年10月20日

（三）

亲爱的甜心：

关于那封电报，我万分抱歉。当时，我收到比尔·沃伦[②]的来信，他说巴尔的摩城中流言四起，谣传我在这里一周净赚两千五百美元。读罢，我十分生气、心烦意乱。据我推测，又是丽塔·斯万到处乱说。可不知为何，我当时竟对你起疑——我本该想到，你谨慎有加，至少会说个更可信的钱数。看，你那些浪漫故事给

---

① 菲茨杰拉德的中间名。
② 菲茨杰拉德在巴尔的摩的追随者。

你带来多大的认可!

至于你失踪的那三天,我不忍责怪你。麻烦之处在于,哈罗德·奥伯也不知你人在哪里。若你那时给他发一封电报,而不是联系罗萨琳德阿姨,现在就不会有任何问题。话说回来,我也只为这事着急了一小时而已,我不再像过去那样完全放心不下你。今年夏天,我的确担心过你抽烟的事,但你承诺不在皮奇丝家中抽烟,那倒也可以;至于你和谁一起出门,我都不介意,只要时间得当、行为得体。明年夏天起,你会发现,你将拥有更多权利,但我不希望你因此改变,自甘堕落,使权利沦为陋习。你正值好时光,应奋发图强,追求幸福生活,让自己受益。你此时不努力,只怕再无良机。

没什么新鲜事——一切平淡无奇。与华尔特·温切尔①会面,算是我有幸高攀。这家伙目光闪烁,被几个大块头保镖团团围住。瑙玛·希拉②曾三度邀我共进晚餐,可我均未能赴宴,实乃憾事,她是我喜欢的演员。或

---

① 美国记者,其在当时的美国颇具影响力。
② 好莱坞演员,早期美国影坛备受欢迎的女星。

许，以后她还会再邀请我。我还看了巴芙·科布的作品，她是老友欧文·科布之女；也拜读了希拉的大作，在此提一句，她退掉了与多尼格尔侯爵的婚约。（可怜的侯爵正准备登船，但综合各方面来看，这桩婚事算不上良缘。）

我常去看网球赛，还见证了海伦·威尔斯[①]重回赛场，与冯·克拉姆并肩作战，击败了巴奇与他的搭档。某天晚上，我带比阿特丽斯·莉莉、查理·麦克阿瑟和希拉去网球俱乐部，埃罗尔·弗林[②]亦与我等同行——他似乎是个老好人，只是相当愚蠢、昏庸，真不懂皮奇丝为何对他情有独钟。弗兰克·摩根[③]来找我，闲谈之间，他说十七年前，我俩在葛洛丽亚·斯旺森的衣帽间里扭打成一团。可我只知道自己和别人打过架，其余细节概不记得。那时，这种事简直是家常便饭，所以我对这一架印象不深。

我曾细说如何保持整洁，希望你已用心考虑过。一周之内，你每用完一件东西，就立即将它归位——不要

---

① 美国女子网球运动员，曾十九次夺得网球大满贯冠军。
② 澳大利亚演员，常出演惊险片、军事片。
③ 美国演员。

攒足三件东西一起放回去。我相信,不出一个月,你便会习以为常,生活亦更加轻松便利。你对此有何看法,回信时请告诉我。

我正翻阅你的来信,现逐一回复你——皮奇丝为你筹办派对,可谓对你关怀备至;斯坦利容光焕发,我为之欣喜;很抱歉,安德鲁让你反感。面包师鲍勃备受追捧,你与他约会,我替你高兴。鲍勃是否好相处?接下来一封信是你在埃克塞特时写的。你没能去成安那波利斯①,我深表遗憾——日后还会有受邀造访的机会。我这里还收到一张明信片,我的天,你那场补习让我怒气难消。我真想不明白,那封信究竟是怎么寄丢的。那天晚上,我亲手把它投进了斯帕坦堡②机场的邮箱。说到底,你还是对费舍尔岛③的派对念念不忘!

还有一封信里写到你要去长岛拜访玛丽·厄尔。听起来很美好,正如你所言,在蟑螂出没的厨房和后花园,更易撞见浪漫故事。人们实在是高估了月光。你向

---

① 美国马里兰州首府。
② 位于美国南卡罗来纳州的皮德蒙特高原上。
③ 隶属美国佛罗里达州的一座小镇。

哈罗德借款没问题，他会记在我账上。果然，你还是接到了梅瑞狄斯从巴尔的摩打去的电话！难道你不怕旧情复燃？听闻你背叛普林斯顿，我黯然神伤。我给安德鲁寄了几张橄榄球赛门票。你那条裙子听起来美极了，我的斯科蒂娜已出落成亭亭玉立的大姑娘了。

最后一封信上盖着耶鲁的邮戳——我敢肯定，信纸是你买来的。这让我想起一桩往日旧事。大一、大二那两年，我没完没了地写信，寄往威斯多佛学校和芝加哥，收信人为吉内瓦·金，用的正是这种样式的信纸，只不过，纸上盖的是普林斯顿①的印章；后来，我把吉内瓦写入了《人间天堂》。我与她已二十一年未见，中间通过一次电话，是在1933年的世界博览会上。当时是为博你母亲一笑，最终我达到了这个目的。昨天，我接到电报，吉内瓦说她在圣塔芭芭拉②，问我要不要赶去与她相聚。她是我的初恋情人，为了保留幻想中的完美，我始终刻意避免与她相见；当初分手时，是她弃我

---

① 也称圣巴巴拉，美国东北部城市，位于新泽西州。
② 位于美国加利福尼亚州。

而去，毫不留情、冷漠至极。我不知自己该不该去。那场面，想必是物是人非、人地两疏。按常理，年至三十八岁，就算是美人，也难葆青春；不过，吉内瓦意非凡，远不止于她的外表。

我一直希望他们为你开设一门高级法语课。你是不是没有继续进修法语？沃克小姐来信时提起过这件事。在我看来，你现在学德语意义不大，但不要因我这句话而懈怠这门课。学点皮毛，打下基础也好，以备明年夏天我们去国外短住几周。

我给罗萨琳德寄了十三美元。

过生日时，你想要什么礼物？给我一个建议也好。

我十分思念你。整个夏天，你都是我的骄傲，我真心觉得，与你共处的时光无比美好。我久病不愈期间，你似乎过得比以前更节制。虽然这让你饱尝辛酸，但我并不为此遗憾，不过现在，我们又可以一起去做更多事了——当你我找不到更好的同伴时。此话一出——定是对你当头一击！爱你，我们圣诞节再聚。

爱你的爸爸
1937年10月8日

（四）

爱女斯科蒂娜：

我觉得，我能给你写信的时日不多了，希望你能将这封信读上两遍——虽说可能让你苦不堪言。你现在不以为意，可过段时间，当你想起信中的某句话，你会发现句句皆真理。我对你说这些，你会觉得我思想老派、"独断专制"；可当我说起我年轻时的事，你又会以为我所言不实——年轻人永远不相信，他们的父辈也曾有青春。但如果我把往事写成文字，或许能让你理解一二。

在你这个年纪时，我心怀一个伟大的梦想。梦想不断膨胀，我学着把心中的梦想说与人听。终有一日，梦想破灭，因我决定与你母亲成婚，尽管我心知肚明，她素来娇生惯养，且这段婚姻于我无益。新婚宴尔我便后悔不已，但那段时间，我还是耐下性子，尽量维系婚姻关系，以新的方式珍爱身边人。你呱呱坠地，很长一段时间里，我们的生活充满欢喜。可我成了逐梦的失败者——她希望我替她承担繁重的工作，我便无力再追求自己的梦想。工作即尊严，是一个人唯一的尊严，可惜她醒悟得太晚。她试图撑起半边天，弥补先前的亏欠，但一切已来不及，她不堪重负，彻底累垮了身子骨。

我穷途末路，她的损失，我已无力再弥补——为了她，我殚精竭虑、倾囊而出、全力以赴，生活虽难，我仍强撑了五年，直到自己沦为朽株枯木，终日酗酒，遗忘世事。

与她成婚，是我的过失。我二人属于不同的世界——若她留在南方庄园，找个单纯的老实人结婚，或许能过得幸福。她能力不足，无法在大城市的舞台上站稳脚跟——有时她能装装样子，颇像那么回事儿，但终究是金玉其外，败絮其中。该服软时，她总爱逞强；该强硬时，她又会屈服。她空有一股冲劲儿，却不知该当何用——她这些缺点，你皆得真传。

很长一段时间里，我对她的母亲心存怨恨，因为她未给你的母亲培养出一个好习惯——唯存"侥幸之心"，且目中无人。我不愿再见世上哪位女子从小到大都无所事事。此生我还有一桩夙愿：切盼你不会成为那种毁人不利己的女子。约莫十四岁时，你初露端倪，我焦虑不安，只能宽慰自己：你只是在人际交往中略显早熟，经学校严加教育，你必会重返正途。不过，有时我也会这样想：无所事事之流算是一种特殊的阶层，不该为他们规划任何事，不该将一己之愿强加于他们——在人类家庭中，这些人唯一的贡献是在桌子前静坐，将一个座位焐热。

我已做好心理建设，如果你选择闲散的生活，那么，我无意改变你。只是我不愿再为游手好闲之徒烦心，无论此人是否为我的家人。我只想把精力和金钱留给志同道合者。

你浑浑噩噩，我开始担心你不明所以。我今日的所作所为，是一个曾经名利双收之人所能拼尽的最后一丝力气。我已筋疲力尽，或者说一贫如洗，无力承担其他任何人的重负。当我意识到自己身陷这种境遇，我怒不可遏，悲从中来。有些人不得不受他人帮扶，比如你的母亲，因他们疾病缠身、一无所能。但你不同于他们，两年来，你不务正业，既不锻炼身体，也不充实大脑，只是一味地给一些无聊之人一封接一封地写一些无用之信，就为了收到几封不愿赴约的邀请。哪怕在睡梦中，你也停不下写信的笔。我借此推断，对于现在的你而言，人生不过是一条等信、盼信的漫长旅途，恰如长舌老妪，一张嘴永远闲不住。

你已经老大不小了，唯有未来可期的少年才能引起成年人的兴趣。幼童的想法之所以有趣，是因为他们能用新视角看待旧事物，但如果十二岁左右的孩子还如此，人们只会觉得索然无趣。毕竟少年人所说的、所做的、所能给予的，没有一样赛得过成年人。你随我住在巴尔的摩时（你对哈罗德说，我对你时而严厉，时而放纵，我觉得，你言下之意是：我感染肺结核是因一时疏忽，或者说我一门心思只顾写作，事实上，除了你，我与其他人几乎无交集），因为你母亲的病情，我不得不承担维系家庭的责任。你电话不断也好，戴男式高帽也好，我都一忍再忍，直至那日，你在舞蹈学校对我一副爱搭不理的样子，我才心生不满……

总而言之，自打上次你在夏令营熟习潜水之后（如今你已退步不少），你再没做过什么像样的事，别说让我引以为荣，甚至连让我满意都做不到。回想1925年，你用"狂野交际花"的名号混社会，我着实感到无趣。像与里茨兄弟共进晚餐这种事，我再也不想经历第二次——简直无聊透顶。当我认为你在做无用功时,留在你身边,我会感到压抑,因为这种陪伴是浪费时间,愚不可及,不值一提。相反,当我偶尔发现你身上散发着生活的气息和蓬勃的朝气时,世间万物皆不及陪伴你。我决不怀疑你心存希望,潜藏着对生活的激情。你有属于自己的梦想,我的想法是,脚踏实地,追梦要趁早——像你母亲那样,事到临头才努力,为时晚矣。最初学法语时,你只是个小孩子,对学习一知半解,甚是可爱。如今,你一口法语说得平平无奇,就像你在考恩·霍洛高中的这两年一般平淡、寡然——你读过的《生活》和《浪漫性事》亦是如此。

9月份,我会去东部接你,但我事先借此信声明:我不想再听口头承诺,只相信眼见为实。我对你的爱不变,但我只欣赏志同道合之人,况且,活到我这把年纪,不愿再改变心意。无论你意欲何为,或有何心愿,届时看你表现。

爸爸

1938年7月7日

加利福尼亚州卡尔弗城米高梅电影公司

另有一事：如果你还在坚持写日记，请不要放任它沦为枯燥乏味的东西，像那本我只花十法郎就能买到的导游手册一样。日期、地点，甚至是"新奥尔良战役"等字眼都让我提不起兴趣，除非你对这些事别有见地。写作时，你不要追求措辞巧妙，除非行笔自然——只需写出真情实感。

再叮嘱一句：可否将这封信重读一遍？这封信，我反复写了两遍。

（杜星苹 译）

最起码能自食其力

/ 约翰·奥哈拉

约翰·奥哈拉是美国小说家,主要作品有《相约萨马拉》《北弗雷德里克街十号》等。该信是他写给即将中学毕业的女儿的,他分析了女儿以后要走的路,强调了上大学的重要性。

亲爱的孩子:

我反复思量你我昨夜的谈话,希望你也和我一样。

1962年,从某种意义上来说,是维利·奥哈拉面临抉择的一年。这一年中,你所做的某些决定将对你数年后的选择产生至关重要的影响。

举个例子,假设你到了二十岁或二十一岁时,你发现自己想去联邦政府或州政府供职,从面向年轻人开放的众多职位中选择一个。他们首先要了解你的教育背景或受训经历。如今，各行各业的就业最低门槛是至少受过两年大学教育，要么是四年制的本科，要么是两年制的大专。

再举个例子，你曾说自己二十三岁前不打算成婚。且不说这不是你现在能说准的事，但假设你确实到了二十三岁还没结婚，假设你年轻的未婚夫是某所大学的在读研究生——法律、医学、理科、行政管理等专业，你和他就住在他的研究所附近，那时你就可能希望自己也读过大学，甚至也达到研究生的级别。我要说的是，如果二十三岁的你还是一名大一新生，你极有可能不太具备学习的激情。

我还能举出很多例子，我说这些事的目的，是希望你自圣蒂莫西中学毕业后，慎重考虑接下来该何去何从。你并非富家千金，也不会成为穷姑娘，但你必须想些谋生之计，最起码能自食其力。我觉得，你不会爱上愚笨的男孩。脑袋不聪明的人，无论贫富，都会让你提不起一丝兴致。所以，以后和你谈恋爱的男孩极有可能靠脑力谋生。这就意味着，他会读到研究生，或者在大学毕业后接受过特殊培训。就算你一结婚就生儿育女，你也会希望自己和他是同等教育程度。

基于我个人经历，我可以告诉你，有一位可以同自己商讨工作的妻子是多么重要的事。我的第一任妻子本科就读于韦尔斯利学院，研究生就读于哥伦比亚大学。我记得，在索邦大学，她们这类人可谓"有学历"。你母亲虽未上过大学，但她原本是有能力进修的。希斯特和你母亲都毕业于知名中学，也曾去哥伦比亚大学上过课，你母亲甚至多次以非在读学生的身份去牛津大学听讲座。你的母亲和希斯特都酷爱阅读，她们都读过很多书，希斯特还掌握多门外语。你的母亲和希斯特对女子学院反感，但她们并不反感高等教育。她们反感的是三十年前女子学院的那种教育模式。那种模式几乎已销声匿迹，今天，像你母亲和希斯特这样的女孩会去申请读大学。人人都会去读大学。

我现在的想法是，你为自己制订的计划模棱两可，在我看来，无论是在1962年、1963年还是在不远的将来，你的计划都有点不切实际。我希望你能重新规划人生，去读一所好大学，这样，你履历上的教育程度就能达到两年大学教育的最低门槛,三年后,你便有资格参加各种工作,或者继续深造、攻读学位。有了这两年的履历,你不会后悔,但如果缺了这两年的教育,你很有可能遗憾终身。身为父亲,我有责任把这些事向你讲清楚。当然,最终决定权在你手里。

爱你的爸爸
1962年1月7日,周日
普林斯顿

(杜星苇 译)

秘诀

/ 切斯特菲尔德

切斯特菲尔德是英国外交家、作家，以著作《致儿家书》和《给教子的信》而闻名。本篇就是其中一封写给儿子的信。在信中，他传授儿子与人相处的门道。

亲爱的儿子：

取悦别人是一门艺术，很有掌握的必要，但也很难学会。我无法把它简单归结为几项法则，需要靠你自身敏锐的直觉，用心观察，学到的东西才会超过我教你的这些。"你希望别人如何对待你，你就如何对待别人"，以我之见，如此悦人，最为保险。留心观察他人举动，那些让你心生愉悦的行为，大抵也是你取悦别人的方式。若他人有心恭维你性格好、有品位或为你的短板捧场，你会感到受用；同样地，你在这些方面美言他们几句，对方亦会心花怒放。与周围人步调一致，但勿矫揉造作；体会同伴当下的心情，随其严肃、雀跃，甚至是附和对方的轻浮。每个人在群体中都应注意这些细节。与人相处，忌喋喋不休；否则，如此行事最惹人厌恶、反感。你如果凑巧想到一个应景的段子，尽快言简意赅地说完；即便如此，也要委婉地表示你不爱多言，只是忍不住分享这则小趣事。

与人交谈，最重要的是，避免以自我为中心。你永远不要指望，他人对你的关注点或私事感兴趣。因为在你看来很有趣的话题，他人并不一定感兴趣。再者，个人隐私，你能不外传则不外传。无论你认为自己有何过人之处，切莫热衷于向同伴展示；也不要效仿大多数人，费尽心思换话题，只为制造一个机会卖弄自己的本事。你如果真有本事，无须显山露水，别人自会发现，这样更有面子。永远不要与人争执得面红耳赤，就算你自认为占理，在表达观点的态度上，也应该谦逊、冷静，唯有如此，才有说服力。倘若争执无果，你不妨换个话题，只消平心静气地说："既然我们说服不了彼此，倒也没必要说服，不如咱们聊点别的。"

记住，遵守每个群体特有的礼节。通常来说，在某个群体中恰当的礼节，换到另一个群体，可能是极为不妥的。

插科打诨，妙语连珠，说几则冒险小故事，有些人会觉得趣味十足，但另一些人只会觉得乏味无趣。基于某个群体的特性、习惯和暗语，一个词或一个手势可能别有深意，一旦脱离情境，便再无半分意趣。人们常在此处犯错误：和这群人在某处共同经历了趣事，津津有味地向另一群人转述，要么让人如嚼鸡肋，要么可能因不合时宜而得罪人。

更有甚者，常用这种傻话开场，"我告诉你一个顶好的故事"，或是"给你讲一件天底下最妙的事"。听众倍加期待，可当期望落空，讲述这种绝妙好故事的人便是自取其辱。

若想受人青睐或结交朋友，不论男女，假设对方有过人之处，你试着找出他们最大的优点，再找出他们最明显的缺点——人人皆有缺点，公正看待其长处，更要包容他们的不足。人各有所长，最起码每个人都希望得到他人的欣赏。虽说人们希望别人公正地评价自己，但如果用溢美之词夸夸他们，他们定会欣喜若狂。以黎塞留①为例，他无疑是当时最具才干的政治家，纵观古今，或许无人能及，但他也有颗虚荣的心，妄想被誉为"最伟大的诗人"。他嫉妒文豪高乃依②的美名，还下令写文章批判《熙德》③。因此，那些溜须拍马之徒很少夸赞他的治国才能，就算要夸，也只是自然而然地"顺口一提"。但这群人给黎塞留灌迷魂汤——他们知道花言巧语能击中人心、于自身有利——说他是诗人，是"才子"。为何如此？——因为黎塞留很清楚自己有治国之能，却不确定自己是否有才情。

通过观察他人交谈，你会轻而易举地发现，每个人最爱谈论的话题便是他最大的虚荣心所在。因为人最希望别人肯定他什么，就会一直说什么。戳中这一点，你就戳到了别人心坎里。已故的罗伯特·沃波尔爵

---

① 17世纪初法国政治家、外交家。
② 法国剧作家。
③ 法国第一部古典主义悲喜剧。

士①（其能力毋庸置疑）不爱听人恭维他有头脑，因为他毫不怀疑自己的才智；他最想听别人说他彬彬有礼、有绅士风度——这一点，他的确连贩夫走卒都不如。他最爱这个话题，时常提起，但凡有点洞察力的人都能发现此乃他最大的缺点。人们利用这一点，成功达到了各自的目的。

一般来说，女人只围绕一个话题——她们的美貌；在这一点上，再夸张的溢美之词也不会惹她们反感。自然界孕育的女子，就算再丑陋，也乐意听到别人对自己外表的恭维。如果当真长了一张不堪入目的脸，她多少会有些自知之明，但她就会相信身材和气质可以弥补五官的不足。反之，如果她不是曼妙身姿，她就会认为自己的面容足以掩盖体形的瑕疵。假设她五官、身材都不好，她便自诩举止优雅、气质高贵，虽然她自己都不知气质为何物，但相信它能摄人心魄，远胜于美貌。且看这世间，最丑陋的女子也精心装扮、衣着考究，就能证明这是事实。如果女子美丽且自知、自信，自认为无人

---

① 英国辉格党政治家，被后人普遍视为英国历史上第一位首相。

可比，那再恭维她的美貌，她都无动于衷；她会认为这理所应当，自然也没必要感激谁的恭维。若夸她知性聪慧，她一定能被打动，或许她并不怀疑自己有这个优点，但她不确定人们能不能看见。

你别曲解我的意思，别以为我让你罔顾名节、尊严，曲意逢迎。绝非如此。切莫吹捧陋习或恶行，相反，要疾恶如仇、阻拦不良行径。但人活于俗世，谁都会为了与人为善而包容他人的缺点，包容那一颗颗可笑却无伤大雅的虚荣心。一个男人想显示自己智慧不凡，一个女人希望自己看上去比实际更美丽，这点虚荣心让他们自得其乐，对其他人也没坏处。我宁愿纵容他们沉溺其中，与这些人为友，也不愿费心思（毫无意义地）戳破窗户纸，与他们反目成仇。

同样，关注细微之处，也特别能打动人心，其明智之处在于让别人更有尊严、更爱自己，合乎人的天性。因为这种关注足以证明我们尊重、关心他们。比如，我们想赢得谁的心，观察他们在小事上的习惯、好恶、品位；然后投其所好，避免惹其反感；拿出绅士派头，让他们知道，你留意到他们喜欢这道菜、这个房间，便特意为他们准备好。或者反过来说，你早就发现他们讨厌某道菜、某个人等诸如此类的事宜，所以你刻意为他们避开。在这种细枝末节处取悦别人，比办一些大事更能讨人欢心，因为这让别人觉得，你把他们当成最关心、最在乎的人。

初涉大千世界，你有必要掌握上述秘诀。我多希望自己在你这个年纪时就能参透这些人情世故。我足足花了五十三年才领悟这些道理，若你还想从中有所收获，那我绝不吝啬。再会！

旧历1747年10月16日
伦敦

（杜星苹 译）

我想要更爱你

/ 屠格涅夫

> 屠格涅夫二十四岁时爱上家中雇来的裁缝阿芙多吉娅,不料惨遭其母棒打鸳鸯,怀有身孕的阿芙多吉娅被赶出家门。不久她生下一个女儿,女儿先被屠格涅夫的母亲抱走抚养,后被屠格涅夫寄养在他后来的爱人波琳娜处。每年,屠格涅夫都会支付赡养费给阿芙多吉娅,直至她去世。

我亲爱的小姑娘:

无论如何,我还是应该给你写这封"意味深长"的信,这是我早就答应过你的,想必你已经等得不耐烦了!是啊,我的孩子,遗憾的是,我如果至今还在犹豫要不要写信,那么只能是因为我没有太多可以告诉你的愉快事儿。不过,愉快的事儿并不总是有益的。请你在读信的时候，也像我写信的时候那样，秉持着一个坚定的信念：真理应当高于其他一切思想。

我必须坦白地告诉你，上次我去法国的时候，对你的表现不甚满意。我发现你身上有几个相当严重的毛病，这些毛病在一年前还没有表现出来。你度量小，爱虚荣，又固执乖张，害怕真相，对于你爱的人不再哄骗你时，你就轻易地远离他们，不再理会。你嫉妒心重，我在库斯塔韦内尔的最后几天里，你尽可能地避免与我待在一起。难道你认为我不清楚这背后的原因吗？你注意到我关心的并不是只有你一人，从那以后，我就少见你的身影，你几乎在我的视线中消失了。

你缺乏自信，多少次你欲言又止，最终放弃了表达。你只喜欢和在你看来不如你的人交往。你的自尊心变得扭曲，如果再继续这样下去，你一直不与比你更富有智慧的人交往，那么你自己的智慧就不会增长。你连对我的态度也变得疏离了，尽管我从来不做任何有可能会伤害你的事情。

我们分别两个月了，你一封信也没写给我，你认为你表现得像一个好女儿吗？你解释说我只给你写了一回信，你在等我再写信——如果你是涉外律师，那么你是对的，但这并不适用于父女关系。你优点很多，如果我没谈及，那是我觉得不适合谈女儿的优点，感觉像在自夸——你我如此相似，我又过于爱你，看到你，就像看到自己的一部分。我宁愿用严厉的态度指出你的缺点，也许过于严厉了点，但我相信，你能把这些话理解为我希望你变得更好。如果我的责备过于严厉，不要感到委屈，这都出于我对你的爱。

我亲爱的小姑娘啊，我想要更爱你，比现在还要爱，而阻挡我更加爱你的障碍，只有你自己能够消除。想想我的话吧，你会发现那并非难事。我像你这么大的时候，也曾心胸狭窄，敏感易怒，心门紧闭，谁也进不去。唉，我的宝贝，依恋他人是稀少而珍贵的情感行为，不管依恋谁，若将这种情感丢开，那就是疯子；更何况你好心肠的老父亲唯一想要做的，就是温柔地爱自己的女儿啊。

唔，信写完了！对你来说，这封信很难读；对我来说，它也很难写。我迫不及待地想要多吻你，深深地吻你,就像迪迪①所言,这是为自己所做的努力颁发犒赏。

顺利的话,一周后我就离开斯帕斯科耶②。来信请寄到这个地址:圣彼得堡,大马厩街,韦伯家。

再次亲吻你。

爱你的父亲伊·屠格涅夫

1859年11月10日③

斯帕斯科耶

(崔舒琪 译)

---

① 屠格涅夫的好友、歌唱家维阿尔多的二女儿克劳迪。
② 屠格涅夫的故居庄园,位于俄罗斯的奥廖尔州。
③ 此为俄历,公历为1859年11月22日。

"给"永远比"拿"快乐

/ 高尔基

有一年,高尔基生病,在意大利的一个岛上休养,他的妻儿过来探望。临走前,儿子在院子里种下了花。不久后,花儿盛开,高尔基有感而发,给儿子写下这封信,告诉儿子,"给"永远比"拿"快乐。

马·阿·佩什科夫:

你走了,你种下的花儿却留了下来,它们在蓬勃生长。我望着这些花儿,心中高兴地想,我亲爱的儿子把一种美好的东西留在了卡普里岛,那就是鲜花。

假使你在自己的一生中,无论何时、何地都只将美好的东西给予他人,比如鲜花、思想、回忆,那么你的生活会轻松、愉悦。那时,你会觉得所有人都需要你,这种被需要的感受会让你拥有博大而丰富的心灵。要知道,"给"永远比"拿"快乐。

我看到了你的相片,就是摩尔卡诺[1]拍的那些,拍得特别好!其中有一张是在龙舌兰丛中拍的,请你的妈妈在俄国把它放大洗印出来吧,我也会在此地找人冲洗这张相片。

我没见到叶夫根尼耶维奇[2]拍的相片,他已经离开了,并且带走了所有的底片。之后他会把照片寄来的。

唔,马克西姆,祝你一切安好!

请你表现得再稳重一些,对妈妈多加关心,好吗?

握你的手,亲吻你。

阿列克赛[3]

1907年1月26日[4]

卡普里岛

---

[1] 卡普里岛的居民恩里克·摩尔卡诺在龙舌兰丛附近为高尔基和他的儿子拍摄了一些照片。
[2] 布尔什维克党员,音乐家。他在离开卡普里岛前往俄国之前,为高尔基拍摄了一些照片。
[3] 高尔基的本名。
[4] 此为俄历,公历为1907年2月8日。

你不是想看我怎么在信的末尾签名吗?

喏,就是这样:

(崔舒琪 译)

谢谢你们对我这么好

/ 托尔斯泰

1910年的某天晚上,托尔斯泰和妻子闹不和,在此之前,他们的关系已经恶化到人尽皆知的地步。妻子跪求托尔斯泰为她再读一次早年间他为她创作的诗歌和散文,以期挽回两人的感情。但是托尔斯泰已经心如死灰,最终他离家出走,因在途中突发肺炎,于俄历11月7日在一个车站去世。这封信是托尔斯泰口授,写给儿女们的最后一封信。

我亲爱的孩子们,谢廖扎和塔尼娅:

我没有叫你们两个来,希望也相信你们不会因此埋怨我。我如果只单独让你们来,却不叫上你们的妈妈,对她、对你们的其他兄弟姐妹,都是极大的痛苦和打击。你们二人都明白，我邀请的切尔科夫①与我有着极为特殊的关系。他将自己的一生都献给了我近四十年来所从事的事业。我认为——不知道我想得对不对——与其说这项事业对我是宝贵的，倒不如说它对所有人都是宝贵的，当然，其中也包括你们。谢谢你们对我这么好。不知道我是否要与你们永别了，所以我得抓紧把上面的话说给你们听。

谢廖扎，我还想再对你说几句忠告。你要思考自己的人生，思考你是什么样的人，想要成为怎样的人，人生的意义何在，还要思考一个有理智的人应当怎样度过自己的一生。你接受的达尔文主义、进化论和为生存而斗争的观点，都不能向你说明你的生命所包含的意义，也无法成为你行动的指南。一个人若无法弄清生命的意义，也无法由此得到一贯的信条和准则，那么他的生命只不过是一种可悲的存在。请你思考一下这个问题吧。大概我命不久矣，在这个时刻，我是出于爱你的心才说

---

① 托尔斯泰的密友兼作品编辑、出版商。托尔斯泰临终前召唤他到车站，他一直在车站陪伴托尔斯泰，直到托尔斯泰去世。

了这番话。

再见了,请尽力抚慰你们的母亲,我对她抱有最真诚的同情与爱。

爱你们的父亲列夫·托尔斯泰

1910年11月1日[①]

阿斯塔波沃

(崔舒琪 译)

---

① 此为俄历,公历为1910年11月14日。

没有一件令您蒙耻

没有一件令您蒙耻

/ 海明威

> 海明威的母亲是音乐教师,美学趣味偏旧式传统。她不满儿子创新式的写作,常写信批评儿子。该信是海明威向母亲解释自己的创作理念的。

亲爱的母亲:

十分感谢您给我寄来马歇尔·菲尔德展览的目录,还有您在展览中的画作——《铁匠铺》的复刻品。这幅画十分生动,我很想一睹原作真容。

您曾写信谈及《太阳照常升起》这本书,我未作回复,因我当时怒气填胸,带着气写信很愚蠢;何况收信人是母亲,更是蠢上加蠢。您不喜欢这本书很正常,我很抱歉,这世上还有书让您平添痛苦、惹您厌恶。

但是，我丝毫不为这本书感到耻辱，除非我对书中人物刻画有误，或是让读者觉得不够生动。我很明白，这本书会让人心里不舒服。但并非从头至尾都是悲剧，而且我很确定，它并不比橡树园最好的家庭成员真实的内心世界更不愉快。请您记住，在这样一本书里，生活中的阴暗面一览无余，而在家中，人们只愿以光鲜的一面示人，这是我通过多次暗中观察才明白的事。此外，您身为艺术家，应该明白，一名作家不该被迫为自己的书籍题材辩护，就算受到非议，也该看到他如何处理题材问题。无疑，我笔下的人物身躯疲惫、内心空洞、饱受生活摧残——这正是我想呈现的人物形象。只有我表达不出想向读者传递的意思时，我才会为这本书感到耻辱。写作路漫漫，其他书的题材不会千篇一律——只有一点除外，但愿"人类"是我书中不变的主角。

书评人范妮·布彻小姐不具慧眼——如果她对这本书褒赏有加，我反倒觉得自己是个笑话——她指导下的淑女读书小组，一致认定我是在亵渎一个伟大的天才，还有其他诸如此类的话。为什么这些淑女不知人间疾苦，就可胡言乱语、妄加评论、卖弄愚蠢呢？

再说说我和哈德利①、邦贝——虽说我与哈德利分居已有段时间（自去年9月份起，我们便不再同住，现在，或许哈德利已将我抛弃），但我们仍是极为要好的伙伴。她和邦贝过得很好，身体健康，生活愉快。按照我的要求，《太阳照常升起》这本书的所有收益与版税，直接从美国和英国汇给哈德利。我从1月份的最新广告上得知，这本书已完成第五次印刷，印刷数量达一万五千册，销量仍在攀升。今春，这本书在英国出版，书名定为《节日》。哈德利计划春季来美国，你可以得见邦贝在《太阳照常升起》一书中的收益。版税已累计高达数千美元，我分毫未取。

平日里，我无非是在吃饭时配杯红酒或啤酒，其余时刻滴酒不沾，如僧侣一般，生活欲求极其克制，只是尽我所能写好作品。至于什么是好作品，你我意见不一，这是很常见的分歧。但如果您相信范妮·布彻之流的胡话，认为我在肆意煽情、刺激读者，那您是在自欺欺人。《名利场》《时尚》等杂志均来信约我写些故

---

① 海明威第一任妻子。

事、文章或连载小说，但我近六个月甚至一年都没发表任何作品（去年年底，把几篇故事卖给了斯克里布纳出版社，还写了一篇幽默文章）。因为我知道，现在很关键。于我而言，重要的是沉下心写作，尽心尽力去写，不关注市场，不去想作品带来的收益，甚至不在意作品能否出版——不要掉进钱眼里，那些被金钱困住的美国作家，就好比我那颇有名气的亲戚因被玉米脱粒机缠住而葬送了一根大拇指。

我之所以寄这封信给您，还有爸爸，是因为我知道你们始终对我放心不下，实在抱歉，我总让父母牵挂。但二位不必担心——虽然我有很多事办得一塌糊涂，但为了我爱的人们，我会全力以赴（我不常给家里写信，是因为我时间不够，而且我发现，创作时很难去写信，若非必要，我便不写——无论写信与否，真正的朋友都知道我心里有他们）。

我从不当醉汉，甚至不常喝酒（你们或听人说我嗜酒成性——但凡写过酒鬼的作家，都被人冠以"酒鬼"之称），我只求平静度日、专心写作。可能我的作品没有一篇入得了您二位的法眼——也可能你们突然爱上某一篇，手不释卷，但请二位务必相信，我认真对待我的每一部作品。爸爸向来是我的忠实读者，而您，母亲，从不欣赏我。这一点，我完全能理解，因为您坚信，但凡您认为我踏入歧途，您有责任指正我。

那么，或许我们应该放下所有的成见。我敢肯定，如果您相信每一句流言蜚语，您便会发现，我这一生做了许多令您蒙耻之事。如果换个角度，用真诚的目光去审视，您或许能看透，声名狼藉只是我的表象，我所做之事，没有一件令您蒙耻。

无论如何，我都向您二位致以最真挚的爱。

欧尼[1]

1927年2月5日

格施塔德[2]

（杜星苹 译）

---

[1] 海明威的昵称。
[2] 高原观光地，位于瑞士，有"滑雪天堂"之称。

我是你唯一的守护者

/ 济慈

> 在济慈年少之时,他的父母双双去世。他和三个弟弟(其中一个夭折)、一个妹妹相依为命。作为哥哥,他对弟弟妹妹们爱护有加,尤其对唯一的妹妹范妮·济慈更是全心呵护,既怕她受伤,又怕她不学无术。这封信便是他对妹妹的殷切嘱咐。

亲爱的范妮:

你寄至贝汉姆顿的那封信让我痛心不已——你有何理由拒收我的信?住在贝汉姆顿的那两周,我身体不适、足不出户,总共才出门两三次。回来后,我一直忙着调养自己。我这样做是迫不得已,希望这次休养过后,我能摆脱喉咙痛。近一年中,每隔一段时间,我就要犯一次病。我有预感,恐无法说服阿比先生同意留你在学校多待一段时间；若他不允，我很抱歉。

我建议你，储备好现有的知识，无论深浅，自己多学一点儿。总有一天，你会对生活更加满意。期待那一天的来临。还有一点，虽听起来微不足道，但要留意：切莫因赋闲在家而养成坏习惯或疏忽行为举止的管理——无论坐或行，自然为之，尽量保持优雅的举止。我们甚少相聚，但我们的心鲜有分离。在这个世界上，愿为你付出一切的人，除了我，再无第二个。我想，我是你唯一的守护者。无论遇到多大的麻烦，你都可以想想我，至少在英格兰有一个人愿助你攻克难关。我活着便希望能让你幸福。若不是担心无法常常与你见面，不能时时在你身边，我可能不会写这样一封信。你会时常收到我的来信，希望阿比先生对此不再有异议。多么不合理！

希望你来信时与我多说几句关于乔治的事。本月末，几位年轻的先生——我在学校时的故友——将前往伯克贝克学院。我日日盼望乔治来信，开始怀疑他之前几封信寄错了地址。明日我去镇上，若你不在，我就借沃尔萨姆斯托的马车寄去这个小包裹。我觉得你会喜欢哥尔德斯密斯①。速速回信……

        *爱你的哥哥约翰*②

        1819年2月11日

  迪尔克夫人身体欠佳。为了锻炼身体,她今日徒步去了镇上。

          (杜星苹 译)

---

① 英国作家,生于爱尔兰。
② 济慈的全名为"约翰·济慈"。

我对他的沉默非常难过

/ 司汤达

> 司汤达早年丧母,跟着外祖父生活。外祖父是启蒙思想的信仰者,思想开放。因此司汤达也跟着接触了很多当时先进的思想,这就导致他跟思想保守的父亲冲突很大。他的父亲是名有钱的律师,信仰宗教。父亲的压制和束缚,让原本就疏离的父子关系变得更加水火不容。在这封写给妹妹的信中,司汤达便提及他与父亲的关系。

妹妹:

尽快给我写信!别犯傻了,你的来信怎么可能让我厌烦呢?你记好了,没有比一遍又一遍地读你的信更令我快乐的事了。如果我有望在雾月①1日回来,我一定会

---

① 法国共和历的第二个月,相当于公历10月22日至11月20日。

去拥抱你。

前一段时间，德M夫人接受了一次会诊。上次医生们说她应该活不到共和13年，这回他们又说她只能再活三个月；也许她会好起来的，也说不定。所以，我打算外出一个月。

1. 拉迪斯拉斯是罗特鲁①所作《旺塞斯拉斯》中的一个人物。

2. 德奈登夫人在格勒诺布尔②，或者更确切地说，在克莱。一想到这，我就很高兴，我要回家了。我给爸爸写了信，也给你写了信，我把两封信打包交给了门卫，让他把信送到邮局去。五点时，我还在巴黎，但一想到很快就能见到你和家里的其他人，我就很兴奋。我乘一辆敞篷马车，六点到了欧特伊那吃晚饭，那里人很多。直到七点，我才把计划告诉阿代勒。听罢，她对她母亲说："您不知道吗？贝勒先生要离开我们，回格勒诺布尔去了。"一听此言，她母亲惊呼一声，我赶忙走

---

① 法国剧作家。
② 法国东南部山城，位于罗讷河支流伊泽尔河畔。

近，把这件事详细地对她讲了一遍。她不依不饶，哪怕我承诺会在雾月1日提交书面申请休假回来。她坚称我不会在冬季时分回来，木已成舟，我永远不会被允许回来了；我太听任驱使，不会有勇气申请离开的。最后，她哭闹得太厉害，我只得急忙跑回巴黎。不知道如何从邮局取回我的信，我非常担心如果不能取回，这两封信将在格勒诺布尔产生什么影响。幸运的是，我的门卫尚未把信送出去，他认为第二天中午前来得及到邮局寄信。这就是我这趟行程的情况。

一路下来，我非常愉快，你可能也觉得很有趣。我的自由受限，一切计划都泡汤了。我本可以在克莱度过六周愉快的时光，现在却仍待在原地。这几天，我去了蒙莫朗西森林。那里的田野十分迷人，可我还是更喜欢我们的克莱。告诉我，你们在克莱做了什么，但别透露这次旅行的计划。

我很难过父亲不再给我写信了，这太可怕了；我不停地胡思乱想。更烦人的是，这几天我还要给他写信，问他要一些今年冬天要穿的衣服。他肯定会义正词严地指责我给他写信的语气就像在跟管家说话一样；但我不知道该对一个端庄体面的人说些什么，他不让我开玩笑，也不怎么和我说话。我对这种态度真的很生气。我试着找出原因，你告诉他，我对他的沉默非常难过（他问你时再说，且不要透露是我说的）；你只会实话实说。恐怕是那些该死的金钱纠葛让我和他之间产生了嫌隙，但人总要生活。离开格勒诺布尔之前，他答应我每月会给我寄二百四十法郎和所需衣物。实际上，他只给了我二百法郎，且没给任何衣物，所以我才债台高筑。现在我负债累累，又和父亲不睦，实在是心力交瘁，只能每时每刻不厌其烦地找他要钱。在一个住在格勒诺布尔的人眼里，一个年轻人在巴黎的花销简直太不可思议了，他无法想象一个人一个月能花十个金路易①。但这里的花费就如流水一样。这一切都让我厌烦，和他关系不睦尤为让我崩溃。

我本想成为一名银行家，此事我从未和他提起，他永远不会给我钱。作为心灵上的补偿，如果你愿意的话，我想培养你成为一名银行家，或者至少给你创造成为一名银行家的条件。我写给父亲的上一封信里不是告诉他要把你嫁给A吗……你觉得如何？你遵从自己的意

---

① 法国金币名。

愿做出决定就好。如果我是你，我会很快就接受的，毕竟终生无所依靠是一件可悲的事。

再见，你要经常给我写信，试着笑一笑，这是唯一的宽慰之法。你必须在这个赫拉克利特或德谟克里特①的世界里做出选择，坦率地说，选择德谟克里特的世界更好些。

正如我刚才所说，在过去的一个月里，我过着世界上最快乐的生活。我们遇见什么都笑一笑，你也试着做做同样的事；如果你做不到，想想人生来为的是什么。这是唯一明智的处事之法，今后你会了解到多笑一笑对你生活在这个大千世界中多么有益。

再见，你能读懂我信中的深意吗？我用羽毛笔、小折刀、纸和墨水留下了一些隐藏的信息——任何东西都不能抹去。可以的话，你猜猜看吧。

共和13年葡月②3日③，周二

（李泓淼 译）

---

① 两人皆是古希腊哲学家。
② 法国共和历的第一个月，相当于公历9月22日至10月21日。
③ 即1804年9月25日。

获得描绘快乐的能力

/ 司汤达

> 司汤达虽然自小与父亲关系不和,但和最小的妹妹波利娜关系极好。1805年,他在马赛当学徒期间,常常写信给妹妹,跟妹妹探讨人生、哲学、情感等话题。

今早,我想要一些亲人给予的快乐和温柔,便重读了你的信,它们使我陶醉,尤其是获月①9日的那一封,非比寻常。是的,你担心这封信会打扰到我,所以第二天不得不为它百般辩解。真是可笑又可爱的担忧!我的波利娜,你注定要成为一个非凡的女人。伟大天才的诞生,需要一种东西,那就是忧郁。心中怀有无上快乐的

---

① 又叫"穑月",法国共和历的第十个月,相当于公历6月19日至7月18日。

伟大灵魂会在现实生活中想象着快乐的模样，当发现快乐无处可寻时，便静候它的到来。也就是说，现实中，绝大多数人的灵魂是冰冷干涸的，他们既不能体会到这种情感，也不能将其升华。伟大的灵魂在不幸之时会鼓励自己说："我值得拥有更好的命运！"他们因此流下感伤温柔的泪水。而后，这种快乐因求而不得，反倒平添了额外的魅力。我们把它细述出来，聊以自慰，并在此过程中获得描绘快乐的能力。

让-雅克[①]、拉辛[②]、莎士比亚、维吉尔[③]等一众笔法细腻的伟大天才莫不是走过了这样一条领悟的道路。当聪明的头脑和真正的美德结合在一起时，如荷马和高乃依[④]，他们就能创作出人间最好的作品。你可以想象一出悲剧，女主角是赫米奥娜或费德尔，男主角是贺拉斯、辛纳或塞韦尔。如果演员们能够很好地诠释角色，

---

① 全名让-雅克·卢梭，法国启蒙思想家、哲学家、教育学家、文学家。
② 法国剧作家。
③ 古罗马诗人。
④ 法国剧作家。

人心是无法一下承受这么多浓郁之美的,演到第三幕观众就会窒息,第四幕人人都会头痛得离开。诗人却能以安静的方式,在恰到好处的时候,让读者离场。《波里厄克特》①正在臻于这种完美境界。

所有敏感的伟大画家的创作也都是从忧郁开始的。拉斐尔的头像画和普桑②的风景画都覆盖着一股忧郁之情。我们心情愉悦地欣赏这些作品时,会不由自主地生发最完整的幻想,但是一旦代入真正的美德,这些幻想就不攻自破。这几乎是常有的事情。如果拉斐尔不画《神圣家族》中的蠢东西,而是画承认刚刚杀死情妇的唐克雷德,他会画出怎样的一幅画呢?对于一个敏感的绘画天才来说,这是现存的最美的题材,就像对于一个惊世骇俗的天才来说,最美的题材莫过于朱庇特电击巨人们。对于后一种题材,朱尔·罗曼在曼托瓦的梯形宫中已做过很好的论述;至于第一种题材,在这里的博物馆,我只看到一幅劣作。

---

① 法国剧作家高乃依的著名悲剧作品。
② 法国画家,曾被路易十三聘为宫廷画家。

很多知名的女性，比如罗兰夫人①，都像你一样，一开始很忧郁；推翻丈夫的俄国女皇将自己所有的功绩都归功于她治下的监狱、法国书籍和与库拉金公主的友谊——读一读吕利埃②吧。

女性不能直接作用于我们的风俗习惯，只能靠推动他人间接起作用，世界上女性的这种命运比我们通常所能想到的要普遍得多。多少不幸的女性在无助中郁郁而终，而将她们逼入绝境的野蛮人却丝毫没有意识到这一点。

灵魂敏感之人的不幸，恰恰在于他们用自以为是的方式解释灵魂干涸之人的话语，而灵魂干涸之人最看重的是自由。对于他们来说，这无可厚非；但于我们而言，并非完全如此。人需要一定程度的自由，否则一切都会变成毒药；但绝对的自由会造成孤立，会让一个国家置于危险之中。看看那个八十多岁的乞丐吧，他尚且会分一半的面包给自己的狗吃。

---

① 法国大革命时期吉伦特派的核心人物之一。
② 法国作家、政治家，发表过关于俄国女皇推翻丈夫的作品。

事情千千万万，灵魂干涸之人不会察觉到这些事情给温柔之人带来的或快乐或痛苦的滋味，从他们口里获得的，对我们来说，大多数时候甚至都不是快乐，不过是虚荣心而已。我亲爱的波利娜，如你这般的灵魂，会在散步时因为看到了一棵美丽的树而快乐，而灵魂干涸之人则会因华丽出行、随从众多、引人注目而自得。你获得的快乐必然比他们多得多，他们得到的光芒总比他们想象的要少得多。你在树下，如萨福一般想象着幸福的恋人，想象着夫妇二人带着两岁的孩子一起散步，用迷人的回响留住森林的景象，用心灵的想象绘出万千画作。

在生活中，你尽可能地创作出这些画作。要做到这一点，你必须研究你所处的时代，同时注意不要被你的灵魂蒙骗，产生一些不切实际的幻想。

这是一个务实的时代，钱是人们做事情的唯一动力；而在其他时代，比如路易十四统治时期，人们的动力有三四个。那时，无论一个人多有钱，都不可能弥补出身的不足，也不可能克服后来被伏尔泰和卢梭所摧毁的某些偏见。我想，你是希望儿子成为一名上校。从前，如果他的出身不高贵，无论你怎样做都是在浪费钱财；而现在，只要你头脑足够灵活，再花上五万法郎，你就能得偿所愿。朱莉-德坦日一生不幸，就是因为她的男爵父亲愚蠢地让她去追求什么至高无上的神圣幸福。你看，仅仅是头脑中这一个愚蠢的错误，就造成了朱莉、她的母亲、圣普勒和克莱雷四个人的不幸。

所以，看看哲学家们为我们提供的福祉吧，他们虽然性情冷漠，但确实消除了许多偏见。

我们若保有积极的心态，便能获得幸福。仇恨、虚荣、残忍等负面的情绪，带来的不幸通常远多于幸福。相反，我们可以相信友谊、爱情、对荣誉的爱、对祖国的爱，等等。因此，自身的首要任务是努力铲除心中负面的情绪——如果你愿意，这就很容易做到；然后，尽量养成少犯错误的习惯，尽管有的错误不可避免。

你注定还要花两年时间和傻瓜们待在一起。你不妨试着观察他们滑稽的姿态，发掘他们身上的逸闻趣事，让你的朋友们开怀一笑。你需要做的是研究他人，研究他们怎样努力地使自己变得如此愚蠢，研究环境是如何促成了这一转变，也研究他们自身的最终归宿。你要寻找你自己该走的路，想象如果你站在他们的位置上，该如何避免沾染上他们头脑和心灵（或性格）中的恶习。

从这些蠢货的教训中，你能获得能力的提升，有朝一日得遇伟人之时，你便能读懂他们的心思，你的命运可能有一天就取决于伟人之手。

学习不是一件愉快的事，但正是通过解剖那些在医院死于传染病的病人，医生才学会了拯救美人的技能，使她不至于因胃病辞世，令父母痛失爱女，令爱人在婚礼前夜因痛失新娘而悲痛欲绝。无聊迫使你进行这项恶心但又必要的学习，这是一件好事。这就是为什么巴黎的年轻人在十六岁时从不觉得厌倦，而在二十六岁时却变得如此愚蠢、倦怠和乏味——这是巴黎家庭根深蒂固的恶习所在。所以，你要以创造人类伟大事业的杰出人物为榜样，塑造自己的性格。假设一个由莎士比亚、爱尔维修①、蒙田②、莫里哀③和让-雅克为审判员的法庭要求你对X先生做出描述……你会如何回答？

---

① 法国启蒙思想家、哲学家。
② 文艺复兴时期法国思想家、散文作家。
③ 法国剧作家、戏剧活动家。

我相信，只要我们意志坚定，便可以轻易地将邪恶的激情从心中连根拔起（这样做之前，必须证明这些激情在任何可能的情况下都会使人不快），随后，显然必须设法使剩下的激情得到最大限度的满足。一个人可能获得的幸福程度由激情的力度来衡量。你必须认识到，那些注定要和你生活在一起的人决定了你幸福与否、快乐与否。在这一点上，我们二人由于做着同样的研究，可以互相帮助，这可能比两个同性朋友之间的交流更有参考性。我们都拥有一个敏感的灵魂，幸福总是在很大程度上取决于生活中的另一半；你帮助我了解女性，而我则可以告诉你我对男性的认知。我的好朋友，你看，一切都把我们团结在一起，当我们不再相爱，尽管疏离但不得不有的关怀还是把我们聚拢在一起，纵使我们自认为是不快乐的。

我们在人生旅途中所遇之人，要么像我们一样拥有炽热的灵魂，要么拥有完全冰冷干涸的灵魂，要么是介于两者之间。炽热灵魂的数量极其稀少，所以也极易被人误解。我们是这些拥有伟大灵魂之人的朋友，是他们幸福的寄托者，正如他们也是我们幸福的寄托者一样。

我们只要相互理解，就能永远相爱；我们可能会对彼此造成极大的伤害，但最终会摒弃前嫌，重新投入彼此的怀抱，因为干涸的灵魂实在令我们难以忍受。

于干涸的灵魂而言，我们只有向他们表明我们与他们的幸福利益一致，才可能寄希望于他们为我们的幸福做出贡献。我们要做到这一点，就必须在精神上对他人造成诱惑，弗朗索瓦一世时代的女人们最为精于此道。因为你会发现，干涸的灵魂太过愚蠢，你需要费尽力气才能让他们做出对他们和你都有利的事；你会发现，即使伟大的灵魂能够被这些干涸的灵魂理解，在面对他们时，伟大的灵魂也会心力交瘁，感到厌倦透顶（他又是不被他们所理解的）。出于怜悯，我们必须设身处地地为对方着想，但他们却不会站在我们的立场为我们考虑。

人们看到一只苍蝇被杀时会无动于衷，看到一头牛被杀时则不寒而栗，而看到一只猩猩被杀时会感觉更加恐怖。所以，我们必须在心中建立一个与庸俗之人相处的快乐体系，研究怎样能使他们发笑，而不要在他们面前表现出高人一等的模样惹人反感。一旦养成了这个好习惯，我们就能成为自己命运的主人，获得一个人所能达到的最高成就。

这一切需要付诸实践，我还有很长的路要走。也许要过很多年，我才能养成这些好习惯。但在我看来，这就是通往幸福的道路。另外，我们在前进的时候也是在不断地自我校正。

这个话题，我还想再细细地与你聊上五六页。但现在已经十一点了，我得起身穿戴整齐出发，在午夜前赶到半英里之外的地方去。

共和13年芽月29日[①]

（李泓淼 译）

---

① 芽月是法国共和历的第七个月，相当于公历3月21日至4月19日。此处为公历1805年4月19日。

为什么我会说我怕您

/ 卡夫卡

> 卡夫卡的父亲对子女毫无温情可言,给卡夫卡造成了终身难以磨灭的心理阴影。因此卡夫卡试图通过各种手段逃离父亲,比如,结婚、写作。这封写给父亲的著名长信,是他对父亲的控诉。

最亲爱的父亲:

不久前,您曾问我,为什么我会说我怕您。像往常一样,我还是不知该如何回答您的问题,这一方面正是源于我对您的畏惧,另一方面则是因为要说明我怕您的理由,就不得不牵涉诸多细节,我在谈话中仓促间无法组织好语言。当我试着写信回答这个问题时,我也难以道尽万一,因为即便诉诸笔端,这份畏惧和它即将造成的后果仍然阻碍着我对您的畅所欲言，也因为背后的原因纷繁复杂，靠我的记忆和智力已经无法厘清。

对您来说，事情的来龙去脉一直非常简单，至少您在我面前，以及不分场合地在很多人面前都是这么说的。在您眼中，大概是这么回事：您一辈子辛苦工作，为了您的孩子们，特别是为了我牺牲了一切，我因此得以过着"纸醉金迷"的生活，拥有完全的自由，想学什么就学什么，毫无衣食之忧，根本没理由焦虑；您并未要求我心存感激，您知道难以奢望"孩子的感激"，但仍然希望至少我能够做出一点点让步，对您表示出一点点理解；而我在您面前却总像一摊扶不上墙的烂泥，躲在自己的房间里，与书相伴，与狐朋狗友为伍，脑子里都是天马行空的怪主意；我从未与您推心置腹地聊过，在寺庙里我没去找您，在弗朗齐谢克温泉村①也没去看过您，其他时候也从未有过家庭观念；我既不关心生意，也不关心您的其他事情，把工厂丢给您就一走了之，还支持奥特拉②任性妄为；遇上您的事，我连一个

---

① 捷克西部的城镇，是欧洲著名的温泉疗养胜地。
② 卡夫卡最小的妹妹，在三个妹妹中与他的关系最为亲密。

手指头都懒得动（甚至连一张戏票都不肯带给您），但为了朋友我可以赴汤蹈火，在所不辞。总结一下您对我的评价，就是虽然您没说我干了什么伤风败俗、十恶不赦的事（除了我上次打算结婚算一桩大罪），但您认为我冷漠、疏离、不知感恩。您指责我，好像一切都是我的错，好像只要我转变态度，就能扭转乾坤；而您则一点儿错都没有，如果有，那就是您对我太好了。

在您惯常的描述中，我觉得有一点是对的，那就是我也认为，在我们如此疏远这件事上您完全无辜。但我同样毫无过错。如果我能使您承认这一点，那么尽管我们无法开启崭新的人生——我们在这个年纪已经来不及重新开始了，但起码能达成某种形式上的和解，您对我永无休止的指责虽不可能完全停歇，但至少会温和一些。

奇怪的是，您对我想说的话已经有所预感。比如您不久前对我说："虽然表面上，我对你不像其他父亲对孩子一样，但我一直都很喜欢你，只不过我不像其他父亲那么会装而已。"父亲，总的来说我从未怀疑过您对我的好，但我并不同意您的说法。没错，您不善于伪装，但如果仅凭这一点就声称其他父亲都在装腔作势，那要么是您独断专行、自以为是，要么是——我认为后者才是您这么说的真实原因——您想委婉地表达，我们之间的关系出了问题，您对此也有责任，但并无过错。如果您真是这个意思，那我们的意见是统一的。

我当然不是说，我变成现在的样子完全是拜您所赐。这样说就太夸张了（虽然我甚至愿意如此夸大其词）。很有可能，即使我成长的过程中完全没有受到您的影响，也仍然无法长成合您心意的样子。我可能会变成一个更软弱、更胆怯、更优柔寡断、更忧心忡忡的人，既不是罗伯特·卡夫卡，也不是卡尔·赫尔曼①，而是另一个截然不同的人，我们父子或许会相处得很好。如果您是我的朋友、领导、叔父、爷爷，甚至是（写到这儿我已经有些犹豫了）岳父，我都会很幸福。恰恰是作为父亲，您对我来说太强大了，特别是当弟弟

---

① 卡夫卡的妹夫。1911年底，卡夫卡的父亲以女婿卡尔·赫尔曼的名义在布拉格开办了一家石棉工厂，父亲希望卡夫卡能够积极参与工厂管理。

们早夭①，妹妹们又比我小太多，以至于我不得不独自承担您的所有期待和指责，但我太孱弱了，实在担当不起。

对比一下我俩会发现：我，简而言之，更像勒维②，只是多了些卡夫卡的气质，但是卡夫卡的气质并未被卡夫卡的生活意愿、事业规划和征服欲望激活，反而更加隐秘地、战战兢兢地被勒维式的不逊引向了另一个方向，卡夫卡的影子甚至完全被抛弃了。而您则恰恰相反，您是一个真正的卡夫卡，强壮、健康、胃口好、声音洪亮、能言善辩、志得意满，相信人定胜天；您坚毅、沉着、果断、世故、慷慨大方。当然您也有这些优点带来的缺点，会犯相应的错误，有时候您会乱发脾气，暴躁易怒。如果我把您和我的叔伯们菲利普、路德维希和海因里希相比，也许按照您的世界观判断，您也不是完完全全的卡夫卡。听上去很奇怪，在这点上我也不是很理解。他们所有人都性情开朗、精明能干、自由

---

① 卡夫卡有两个弟弟，一个比卡夫卡小两岁，一个比他小四岁，都是在一岁时夭折，分别死于麻疹和中耳炎。
② 卡夫卡的母亲叫朱莉·勒维·卡夫卡，勒维是卡夫卡母族的姓氏。

自在、不拘小节，没有您那么严格（我从您身上继承了严谨和挑剔，而且把这种遗传特质保存得很好，性格却不像您一样拥有一些必要的反面特质来加以平衡）。但从另一方面来说，您的性格在不同时期也有变化，在您的孩子们（特别是我）让您失望之前，在他们让您在家里不得欢颜之前（如果有外人来，您又是另一番模样），您曾经开朗快乐过，现在可能又重新快乐起来了，因为您没能从孩子们身上得到的温暖（也许只有瓦丽①是个例外），现在您的孙辈和女婿给予您了。

无论如何，我们是如此不同的两个人。因为这种不同，我们对彼此来说都太危险了，以至于我们如果能预见到我作为一个慢慢成长起来的孩子，您作为一个成熟的男人，将会如何对待彼此的话，我们也应该能够接受，您甚至宁愿一脚把我踏入尘土，让我消失得无影无踪。这并没有在现实中发生，没人能够预料生活会带给我们什么，但现在的情况可能更令人苦恼。在此我还是想一再请求您，不要忘记我从未想把过错单方面归咎于

---

① 卡夫卡的二妹。

您。您对我的影响也是您不得已而为之,只不过您不应再继续认为,我受到您的影响是我自身特别恶劣所致。

我是一个胆怯的孩子,在某种程度上也和其他孩子一样烦人,母亲也有点儿把我宠坏了,但我不认为自己是一个特别冥顽不灵的人,我不认为一句关爱的话语、一个安安静静牵起我手的动作、一个友善的眼神在我身上起不到想要的作用。总的来说,您是一个善良温柔的人(我接下来说的话与这一点并不矛盾,我在这里谈论的仅仅是您对儿女们施加的影响),但并不是每一个孩子都有这样的毅力和勇气,能够长期尝试和探寻,直到能被您温柔以待。您只可能按照您自己的成长方式来对待一个孩子,通过力量压制、大声叫嚷、暴跳如雷来管教孩子,对您来说这也是看似合理的教育方式,因为您想把我培养成一个像您一样能干而勇敢的年轻人。

我现在已经无法不假思索地描述早年您对我的教育方式,但我可以从后面这些年的结果以及您对待费利克斯[①]的方式上推断出来。尤其是我还意识到那时的您比

---

① 卡夫卡的外甥,妹妹艾尔丽与妹夫卡尔·赫尔曼的孩子,也是卡夫卡的父亲最爱的外孙。

现在更年轻，也就更有活力、更粗野、更随心所欲、更肆无忌惮，而且您一门心思扑在生意上，一天之中难得跟我见一次面。您当时给我留下的印象就是这样深刻，让我后来难以与您亲近。

我能马上回忆起来的只有早年间的一件事，或许您也还记得。有天夜里，我哭闹过好几次，说要喝水，肯定不是因为我口渴，可能一则是想惹大人生气，二则只是为了好玩。在严厉警告我好几次也不奏效后，您把我从床上拎起来，丢到回廊上，关上房门，让我一个人穿着睡衣在门外罚站。我并不想说您这样对待我是错的，也许当时您要想在夜里获得片刻安宁，确实别无他法。我只是想用这个例子说明您的教育方式和它们对我产生的影响。在那之后，我大概变得顺从了一些，但这件事还是给我留下了心理阴影。依着我的天性，我没办法把对一个孩子来说自然而然地"要水喝"这件事和那种很可怕的"被丢出去"的惩罚联系起来。好多年后，我还是会被那个痛苦的场景折磨，那个巨人，我的父亲，那个最终的审判者，可能会无缘无故地走过来，半夜三更地把我从床上拽起来丢到回廊上。我对他来说原来无足轻重。

这只不过是一个小小的开始，但这种认为自己无足轻重的感觉一直笼罩着我（换个角度看，这却也不失为深刻而丰沛的感觉），这种感觉大多源自您。我需要的仅仅是一点鼓励、一点温情、一点自由选择人生道路的权利，您却要求我走另一条不适合我的路，尽管您纯粹是为了我好。比如当我能够标准地敬军礼，规矩地走正步时，您就会鼓励我从军，但我并不是当兵的料。又比如我大口吃饭、大杯喝酒，跟着哼唱自己也不懂的歌时，或者模仿着您最爱的口头禅时，您都会表扬我，但这些都不是我将来想做的事。这就是我们之间典型的相处模式，即便到了今天，只有您觉得自己受到了牵连，只有影响到了您的自尊〔这些事例里不是我伤到了您的自尊（比如上次我打算结婚的事），就是您的自尊因我而被间接伤害了（比如佩帕①骂我那件事）〕，您才会安慰我，才会提醒我认清自己的价值，告诉我有权做哪些事，而佩帕则成了被批评的那一方。且不说哄小孩子

---

① 卡夫卡的二妹夫。

的那一套对现在这个年纪的我已经不管用了，就说当时您安慰和鼓励的出发点从来都不是为我好，对我又有何用呢？那时候，我原本随时随地都需要这些鼓励啊。

从身体素质上来说，我早已被您压倒。比如我还记得，我们经常一起在更衣室里脱衣服。我瘦骨嶙峋、弱不禁风、身形单薄，而您则强壮健硕、高大威猛、肩宽体阔。所以在更衣室里，我觉得自己很凄惨，不仅是在您面前，就是在世界面前，我也是这么觉得。您是我衡量一切的标尺。

接着我们走出更衣室，走到人群里，我牵着您的手，一个小不点儿惶恐不安地光脚站在地板上，我怕水，模仿不了您的泳姿。您好意示范给我看，但这确实让我一度陷入尴尬，甚至是绝望，所有不同场景下的糟糕经历全都在这一刻再次涌现在我的脑海中，同声共振。有时您脱得比较快，先出去了，我单独待在更衣室里是最舒服的时候，因为可以尽可能拖延赤身出现在众人面前忍受羞辱的时刻，直到您过来找我，把我赶出更衣室。我很感激您，您貌似并未察觉到我的窘迫。不可否认，我为父亲健壮的体魄感到骄傲。时至今日，我们形体上的差距仍无异于当年。

相应地,您在精神上也占有优势。您单枪匹马白手起家,对自己的观点无比自信。我还是个孩子时就对您望而生畏;后来我长大成人,您的光辉更让我无所遁形。您在您的靠背椅上指点江山,认为只有自己的观点是正确的,其他人的观点都是荒谬、偏激、癫狂、不正常的。您太强势,太自我,以至于您的观点甚至不必前后一致,道理永远在您那边。如果有时候您对一件事情没有看法,那关于这件事的所有观点一定都是错的,无一例外。比如,您可以骂捷克人、骂德国人、骂犹太人,而且是不分青红皂白地骂,仿佛他们方方面面都该骂,能够逃过一劫的完人只有您自己。您对我来说是个难解的谜,就像所有的专制帝王一样君心难测,您的道理对人不对事,不是建立在理智上,而是因人而异。至少我认为如此。

现在很多时候您确实都比我占理,占理的频率高得惊人。我们对话时,自然一般是您占上风——我们已经很少对话了,生活中其他方面也是如此。这也没什么可费解的:不管我的想法是否与您一致,我都能感受到来自您的压力；而当我的想法和您不同时，这种压力则尤为沉重。所有看似与您无关的想法从一开始就背负着您对我的负面评判，要在这种压力下完整、连贯地输出我的想法几乎是不可能的。我说的并不是多宏大的想法，仅仅是童年时的一些微小想法。孩子可能只是因为某件小事感到开心，觉得有成就感，就跑回家告诉父亲，但等待他的却是讽刺的叹息、无奈的摇头，或用手指敲着桌子说"我看到过更棒的呢""你跟我说过你担心的事了"，再不然就是"我可没那么闲"，又或者"这也算个事儿！""你自己去买吧"。

当然，当您自己都还在为生活操劳烦心时，不应苛求您为孩子鸡毛蒜皮的事激动不已。因此我要说的也不是这些事。我要说的是，您和我迥然相异，但因为这种差异，您一再让孩子失望，失望累积的次数多了，又反过来让我们之间的差异不断扩大，以至于我和您的对立成了一种习惯，即使在我们偶尔意见一致时，我们也并未站在同一条战线上。孩子的失望并不是对日常生活的失望，而是对制定这一切标准的人、对您的失望。如果您表示反对，或者仅仅是设想您会反对，那我的勇气、决心、信心以及从日常小事中体会到的愉悦都无法坚持到最后,且我做任何事时,都会预设您的态度是反对的。

您反对的立场不仅针对我的想法,也针对我喜欢的人。一旦我对某个人表现出一点兴趣——按照我的性格,能让我感兴趣的人不多——您就会丝毫不顾我的感受,不尊重我的想法,开始对我谩骂、污蔑、贬低。那些无辜的、可爱的人往往会遭到您的抨击,比如说德国犹太[①]演员勒维,您都不认识他,就把他比作害虫,我已经忘记了当时您说的原话,只记得令人惊骇。一说到我有好感的人,您辱骂他们时所用的比喻张口就来,把他们比作狗或者跳蚤,尤其是您批判这个演员的事,让我印象尤为深刻。当时对您的批判,我还写下了这样的想法:"我父亲这样说我的朋友,只是因为他是我的朋友(他根本就不认识这个人)。如果他指责我不爱父母,忘恩负义,我永远可以用这一点来反驳他。"我始终不理解,为什么您完全感受不到您的言语和评价给我

---

① 原文为意第绪人,即德国犹太人。意第绪语又称犹太德语,是中欧、东欧各国犹太人中通行的一种古高地德语、希伯来语、罗马语和斯拉夫语的混合语。十三四世纪时常被作为德国犹太人的代称。

带来了多大的痛苦和侮辱，似乎您根本意识不到自己有多大威力。我肯定也经常用言语伤害您，但我事后总是自知的，而且伤害您也让我感到痛苦。我无法控制自己，做不到把伤人的话咽回肚子，可当我说出口时就已经后悔了。而您总是毫无顾忌地出口伤人，却从不会为此感到抱歉，说的时候不会，说完以后也不会，让人无可奈何。

这就是您对我的全部教育。我相信您有教育的天赋，您的教育方式对和您一样的人可能会有用。他也许会乖乖做您让他做的事，成为您希望他成为的人，心无旁骛地、安安静静地做事。对于孩提时代的我来说，您发出的所有命令都如同必须牢记在心的神谕，它们是我评判这个世界最重要的工具，更是我评判您的标尺，而您完全不达标。小时候往往是吃饭时，我才和您坐在一起，因此您对我的教育也主要是在餐桌礼仪方面。摆在桌上的菜必须吃完，不许评价餐食的好坏——但您经常觉得饭菜难以下咽；您把餐食叫作"饲料"，称做菜的"牲口"（厨娘）毁了这顿饭。您自己饿得厉害，特别喜欢风卷残云、狼吞虎咽地吃掉热腾腾的饭菜，所以让孩子们也抓紧时间吃完。餐桌上压抑的寂静只会被您的警告打断,"吃完饭再说话"或者"快,快,快",要么就是"你看,我早就吃完了"。不可以咬碎骨头,但您可以;喝醋时不能吧唧嘴,但您可以;最重要的是要把面包切得整整齐齐,但您拿一把沾满了酱汁的刀来切面包就无所谓;吃饭时要小心,不可把食物的残渣掉到地上,但您座位下面掉的碎屑最多;吃饭时不能做其他事,但您却可以修指甲、削铅笔,用牙签掏耳朵。拜托,父亲,请您不要曲解我,这些都是无关痛痒的小事。这些事情之所以让我备感压抑,只是因为您,您对我来说是至关重要的标准制定者,您却不遵守这些自己定下的规矩。

于是,世界对我来说一分为三。其中一个世界里,我是奴隶,必须遵守各种专门为我发明的规定,而我不知何故,永远也达不到那些规定的标准;在第二个与我的世界遥遥相隔的世界里,住着您,您和政府打交道,忙着发布政令法规,我若不遵守这些规定就会惹您生气;在最后的第三个世界里,其他人都幸福地生活着,那里没有命令,也没有服从。不管怎样,我都在受辱。要么我服从您的命令,这是一种耻辱,因为这些命令仅仅针对我；要么我桀骜不驯，这也是一种耻辱，因为我怎么可以对您桀骜不驯呢；再或者我没有能力按您的指示行事，因为我没有您的力量，没有您的食欲，也不如您机灵，但您仍然会理所当然地要求我达到您的标准，这才是最大的耻辱。这些不是作为小孩子的我所能动用理性思考出来的事，而是我当时的直观感受。

把我当时的境地与费利克斯对比一下，一切就更清晰了。您也用相似的方式来对待他，当他在吃饭时做了什么在您看来不好的事情，让您不满意了，您就会用一种特别可怕的教育口吻来管教他，您不但会像那时责骂我一样对他说"你是一头蠢猪"，甚至还会加一句"简直是赫尔曼家的人"，或者"没错，跟你爸一样"。我想说，也许（我只能说"也许"）这并不会严重伤害到费利克斯，因为您虽然是他地位非凡的外公，但您对他来说并不像您对孩提时的我一样意味着全部。另外，费利克斯的性格虽安静，但已显现出一些男子汉气概，雷鸣般的怒斥或许会让他一时间张口结舌，却无法长久地约束他。最重要的是他和您待在一起的时间相对较少，他还会受到其他人的影响。您对他来说更像是个可爱有趣的老古董，他可以自由选择要从您身上学习哪些东西。但对我来说您不是有趣的古董，除了全盘接受，我别无选择。

我没办法陈述我的反对意见，因为只要遇到您不同意或者不从您的角度出发的事，您就不可能平和地参与讨论。您的控制欲不允许您这么做。过去几年您把这归咎于您的心脏神经症①，但其实您对反对意见的态度一直如此。心脏神经症最多是让您在实施控制时变本加厉一些，因为这病会让人无法容忍别人的任何异议。这不是指责，只是陈述一个事实。

就拿奥特拉来说吧，您过去常说："根本没法和她说话，她一蹦三尺高，简直要跳到我脸上来。"事实上，她原本不是会蹦起来的人。您常常把人和事混为一谈，当事情扑面而来，让您始料未及时，您会立刻决定，不听别人的申诉。她如果事后还想跟您讨论，只会刺激到您，不会说服您。您只会说，"你想怎样就怎样，毕竟你是自由的""你已经成年了""我没什么建

---

① 由自主神经功能平衡失调所致的一种神经症。

议可以给你"。您说这些话时声音沙哑,语气可怕,暗含怒意,从中可以听出您已做出了最终宣判。面对您的宣判,我仍然胆怯,只是不会再像小时候那样瑟瑟发抖了,因为我现在已经能够看清在面对父子关系时我们俩的无助,小时候作为孩童纯粹的内疚已经被这种无力感取代了。

…………

您总是指责我(不管是我们两人独处,还是当着别人的面,您对我所感受到的羞辱毫无察觉,反正您孩子的事都不是秘密,永远可以公之于众),说您辛苦工作,让我吃得饱、穿得暖,无忧无虑,锦衣玉食。您的有些话让我听得耳朵都长出了茧子,在我脑海里留下了深深的印记,比如,"我才七岁就推着手推车在各个村里走街串巷了""我们所有人都挤在一个小房间里睡觉""有土豆吃就觉得很幸福了""好几年冬天我都穿得很单薄,腿都冻伤了也没办法""我那会儿还是个小男孩,就得到皮塞克①学做生意""家里没给过我一个

---

① 捷克南波希米亚州的一个城市,位于捷克西南部。

子儿，参军的时候也没有，我还得往家里寄钱""尽管如此，尽管如此——我也一直都孝敬父亲。谁知道今天这世道！孩子们又知道什么呢！你们谁都没有遭过那样的罪！现在的孩子怎么会懂呢？"这些忆苦思甜的话在其他情况下可能会成为绝佳的说教，如果下一代又遇到父辈经历过的苦难，缺衣少食，可能会鼓舞他们，激发他们克服困难的斗志。但您根本不愿让孩子们受苦啊，您努力打拼，让我们过上了另一种生活，再没有机会吃您吃过的苦。只有通过暴力和大变革才可能出现这样的机会，孩子们才会不得不离家闯荡（前提是他们有这样的决心和能力，母亲也不要想方设法横加阻挠）。但您根本不希望孩子们这么做啊，在您看来离家出走就是忘恩负义、异想天开、不听话、背叛家庭、精神错乱。您一边给我们举例子、讲故事，让我们为没吃过苦而羞愧，另一边又严禁我们离开家去吃苦。不然抛开一些细枝末节不谈，您应该对奥特拉去曲劳①的历险大加赞赏。她想去看看您农村的家乡，她想劳动，想吃苦，就

---

① 波希米亚王国西部的一个村镇。

像您曾经经受的那样。她不希望坐享您的劳动成果，就像您也离开了您的父亲，独自外出打拼。这些愿望难道很可怕吗？她的行为难道不符合您举的例子和您的理论吗？好吧，就算奥特拉的尝试最终失败了，这让她的初衷变得有点儿可笑，她把家里闹得鸡飞狗跳，也没能充分考虑父母的感受。但这难道仅仅是她的错吗？难道这个大环境，特别是您对她的疏远就没有错吗？难道她在商店时本来还与您亲近些，去了曲劳才更疏远了（虽然您希望我们这么认为）？难道您对她就没有一点儿影响力（前提是您能克服自己的偏见），不能通过鼓励、建议和照看，或者至少只是多一点儿容忍，让她在曲劳的经历有更好的结果吗？

您讲完过去吃过的苦后，常常以玩笑的口吻辛酸地说我们现在过得太好了。这个玩笑在某种意义上一点儿也不好笑。我们从您手上轻易得来了您打拼出的一切，但也终将会离开家，像您一样为了生活打拼。只不过您那时很早就能独立，不像我们年少时缺乏锻炼的机会。现在我们虽已成年却稚气未脱，尽管迟了点儿，但仍需独自承担生活的重担。我并不是说，我们的处境比您当时更加艰难，两种情形其实可能相差无几（当然两个时代的基础条件已经不可同日而语），我们只不过是没有机会吹嘘吃过的苦，也不能像您一样，因为吃的苦多就觉得比其他人更优越。我不否认我本可以心安理得地享受您辛苦工作换来的胜利果实，好好利用这些果实，如果能够在此基础上开疆拓土，把生意做大，您也会更加欣慰。但我们彼此的疏远阻止我这么做。我可以享受您的赠予，但同时我始终是疲惫、虚弱、惭愧的一方，始终对您有所亏欠。因此，我只能像个乞丐一样感激您赠予的一切，却无法用行动予以回报。

…………

我如果想逃离您，就必须逃离这个家，甚至逃离母亲。虽然我永远可以在母亲那里得到庇护，但前提是我要保持与您的父子关系。她太爱您了，对您过于忠诚，在孩子们与您的斗争中，她没法保持独立的思想。这是出于一个孩子正确的直觉。随着岁月的流逝，母亲与您之间的羁绊越来越深。虽然当事情波及她时，她也一直试图好意而温柔地小范围捍卫自己的边界和独立性，同时尽量不对您造成严重的伤害，但年纪越大，她越依从感受而非理智行事，越来越倾向于全盘盲目接收您对子女的评价和判断，尤其是在奥特拉的糟心事上更是如此。当然，我们不会忘记，她作为母亲为这个家吃了多少苦，受了多少罪。她为了生意和家务操劳，家里每个人生病她都要承受双倍的煎熬，最不幸的是，她还被夹在您和我们之间进退两难。虽然您也爱她，对她一直温柔体贴，但您在处理与子女的关系上，也和我们一样，没能好好保护她，让她免受伤害。我们都在拿锤子狠狠砸她的心，您是这样，我们也是这样。我们顾不上考虑她，虽然双方对她都没有恶意，不过都只想着您和我们、我们和您之间的斗争，把母亲当成了出气筒。您因为我们的缘故折磨母亲，当然这并不是您单方面的错，但我们见了那种场景，对亲子关系更起不了积极作用，反而会让我们觉得对母亲无理取闹是正常行为。她因为我们在您那里受了多少气，又因为您在我们这里受了多少气啊，更不用说您总是觉得自己有理。她把我们惯坏了，虽然她的"惯"有时只不过是对您那一套"教育经"悄无声息、不易察觉的反抗而已。如果母亲不是从对我们所有人的爱当中、从这份爱带来的幸福里汲取了力量的话,她可能已经不堪忍受了。

妹妹们也并不完全站在我这一边。在与您的关系上,瓦丽算是最幸运的一个。她与母亲最为亲近,所以她也像母亲一样不用费多大力、受多少苦就可以迁就您。她身上也没多少卡夫卡的气质,但您由她想到母亲,也就可以同等友善地接纳她了。这对您来说可能还好些,如果她完全不像卡夫卡,连您也没办法用卡夫卡的标准来要求她,您也不会像对待我们其他几个子女那样,总觉得缺了点什么,必须要用暴力才能找回我们丢失的品性。此外,您也从未特别喜爱女性身上表现出来的卡夫卡气质。您和瓦丽的关系如果不是些许受到了我们其他几个孩子的干扰,可能还会更和谐一些。

艾尔丽[①]是唯一的成功案例,她几乎完全突破了您画的樊笼。这一点在她小时候我是完全没想到的。她那时是个忧郁、疲倦、胆小、闷闷不乐、容易内疚、自卑刻薄、好吃懒做还小气的孩子。我很少仔细打量她,压根儿没跟她搭过话,她让我想到自己,想到我们接受

---

① 卡夫卡的大妹妹,卡尔·赫尔曼的妻子。

的是同等的家庭教育。我特别讨厌她的吝啬,因为在这一点上我可能有过之而无不及。吝啬是内心深处感到不幸的有力证据之一。我对所有事物都缺乏安全感,只有真正拥有它们,拿在手上,吃进嘴里,或者至少已经走在通向目的地的路上才会觉得安心。艾尔丽的心理跟我差不多,所以我想要的东西她总想抢走。但当她长大以后,主要是离开家以后,她完全变了个样。她结婚生子,变得开朗、勇敢、慷慨、无私,充满希望,无忧无虑。令人难以置信的是,您竟然没有察觉到她的变化,更别说给予这些变化公正的评价。您还沉浸在一直以来对她的不满中,这种不满多年来一直没变,只不过现在您找不到更多令您不满的证据了,因为艾尔丽不再和我们住在一起,而且您对费利克斯的爱和对卡尔的欣赏也让这种不满显得无关紧要了。只有格尔蒂[①]还时不时惹您生气。

我不太敢写奥特拉——我知道,我一写她,就难免会让我整封信苦心孤诣想要达到的效果付诸东流。通常

---

① 艾尔丽和卡尔·赫尔曼的二女儿,费利克斯的妹妹。

情况下，如果不是她陷入了极端的危难，您对她就只有恨意。您曾亲口对我承认，您觉得她故意惹您生气、让您痛苦；如果您因为她而痛苦，她倒会觉得开心满足。这就是个恶性循环。这表明您和她多疏远啊，甚至甚于您我之间，只有彼此疏远才会产生如此之大的误解。她离您太远了，以至于您几乎看不到她，只能以最大的恶意来揣测她。我承认，您和她相处起来问题很大。你们之间的关系太复杂了，我也没法完全看清，她就像是一个用最好的卡夫卡式的武器把自己武装起来的勒维。我和您之间进行的算不上真正的斗争，因为不一会儿我就已经偃旗息鼓，举手投降；我只能以逃避、厌世、悲伤以及内心的纠结来结束战斗。你俩则随时保持战斗状态，永远精神焕发、精力充沛。这情景既令人惊讶，又令人绝望。一开始你们肯定是最相似的人，因为即便时至今日，奥特拉可能也是我们四个中最能代表您和母亲婚姻结晶的那个，她的存在也最能体现把您和母亲联结在一起的力量纽带。

我不知道是什么打破了你们父女间其乐融融的氛围，我猜测您和奥特拉关系的发展与你我之间的关系类似。您这边独断专行，她那边则是勒维式的固执、敏感和正义感，她觉察到自己身上还拥有卡夫卡的气质时，就更能为她与您的斗争提供源源不断的力量支持。也许我也对她产生了一些影响，尽管这并非出自我本意；仅仅因为她观察到了我的生存方式，继而受到了启发。而且，她是在家里的权力格局已经定型时才出生的小女儿，根据现有的家庭成员关系情况，她足以做出自己的判断。

我甚至可以想象，她肯定有一段时间左右摇摆，举棋不定，不知该扑到您胸前抱住您还是与您作对。显然您当时错过了和解的时机，把她推到了对立面，你们原本有可能会成为一对特别合拍的父女。虽然如果你们和解了，我就会失去一个盟友，但是你们父慈女孝的场景对我来说也算是很好的弥补。如果您能从中感受到无比的幸福，即至少有一个孩子是完全合您心意的，那对我来说也是一件好事。可惜这一切到今天都还只是一个美梦。

奥特拉失去了与父亲的联系，只能像我一样独自探索人生道路。但与我相比，她更乐观、更自信、更健康、更没有顾虑,在您眼中也就比我更坏,更像一个叛徒。这我能理解,在您看来她就是这样。是的,她能做到用您的眼光来审视自己,也能共情您的痛苦,并因此伤心难过。但她不会感到绝望,绝望是我的事。

您带着矛盾的心情观察我们,看我俩经常凑到一起窃窃私语,放声大笑,您还时不时地听到我们提起您。您觉得我们就像两个放肆而奇怪的密谋者。确实,您是我们对话和思考的重要客体之一,不过我俩在一起并不是为了想出什么办法来对付您,而是为了聊聊我们之间这场可怕的、结果悬而未决的官司。

我们用尽全力嬉笑怒骂,带着爱、固执、叛逆、灰心和内疚,用我们头脑和心灵的全部力量来推敲我们和您之间的种种细节,我们聊到了从小到大方方面面、里里外外的事。您一直宣称您才是这场官司里的法官,但其实多数时候(我不想在这里把话说死,我的观点未必正确),您也和我们一样弱小、迷惘。

…………

我还可以列举更多受您影响的事情以及我们为对抗这种影响而进行的努力,但一来我自己也不是很确定,还需要酝酿构思，二来您一向在离商店和家庭越远的地方就越友善、越礼貌、越体贴、越好说话、越关心他人（我所说的是在表面上），就像一个专制君主，一旦跨出了自己的领土范围，就没有理由再延续自己的暴政，反而可以平易近人地与最底层老百姓打交道了。比如您在弗朗齐谢克温泉村的合照上就总是高大而快乐地站在一群矮小又闷闷不乐的人中间，像一个出巡的国王。其实如果您的孩子们能够意识到这一点，他们本可以好好利用它，但可惜他们小时候还不具备这样的认知能力。例如我本可以不用一直待在离您最近，受您影响最大、最深，被您的力量勒得最紧的圈子里，但实际上我一直没能摆脱这种桎梏。

这并非如您所说，我丧失了家庭观念。恰恰相反，我仍然有家庭观念，这不利于我摆脱您对我的内在影响，虽然我一直在努力。我与外人的关系可能受您的影响也很大。如果您认为，我会出于爱和忠诚为其他人做任何事，但留给家人的只有冷漠和背叛，什么都不愿为您和家人付出，您就大错特错了。我在这里重申第十遍：不考虑任何人的影响，我可能也会是一个不喜交际、内向胆怯的人，但要变成我今天的样子，还有一段又长又黑的路要走。（到现在为止，我还很少在这封信里刻意去隐瞒什么，但在当前和后面的段落里，我将不得不隐去一些事实，因为要对您亲口供认这些事对我来说还是太困难了。我这样说是不想让您怀疑我的表述。虽然整体的图像可能会在个别地方有点儿模糊，但这并不是因为我缺少证据，相反，我有很多证据可以让这幅图像清晰无比。但要找到一个折中的办法并不容易。）只要回忆一下以前的事就够了：我在您面前丧失了自信，换来的只有无尽的内疚。（回忆起这种无尽的内疚，我曾经通过笔下的人物贴切地描述过这种感受："他害怕即使死掉，羞耻感都不会消失。"[①]）我与其他人交往时，也不可能突然变成另一个人，面对他们时，我同样怀着深深的内疚，因为就像我说过的，您在商店里亏欠了他们，我对此负有连带责任，必须作出补偿。

此外，您反对与我来往的每一个人，您在公开或私

[①] 卡夫卡所著长篇小说《审判》中的最后一句话，主人公在三十岁生日时被捕，自知无罪，却无法证明，最后被杀死在采石场。

下的场合对他们多有诟病，所以我也应该请求他们的原谅。您总是试图在我心中播下对店铺里的伙计和家里人怀疑的种子，（在童年对我很重要的人里，您能说出一个没有被您贬低、非议过的人吗？）奇怪的是，这种怀疑并未给您带来什么沉重的负担，（您足够强大，可以承受这种怀疑，可能疑心重也不过是统治者的通病。）且我小时候从没亲眼见到这些怀疑得到证实，因为我看到的人全都非常优秀，我根本难以比肩。所以我只能一边自我怀疑，一边对与人打交道的事感到持续的恐惧。在这一点上我确实无法摆脱您的影响。

您之所以会有这样的误解，也许是因为您其实对我的人际交往状况一无所知，只能怀揣猜疑和嫉妒来进行假想。（我否认过您爱过我这一点吗？）您以为我既已逃离家庭生活，那必然会到别处寻找补偿，您觉得我不可能在外面也这样生活。可悲的是，我在童年怀疑自己的判断时，尚能安慰自己："你这是小题大做，就像其他年轻人一样无病呻吟，把无关紧要的小事当成天大的事来看。"但后来随着我对世界认知的增长，就连这一点儿安慰也不起作用了。

…………

您不喜欢我写作，也不喜欢您不知道的与写作相关的那些事儿，这倒不无道理。在这方面我确实保持了一定的独立性，与您拉开了一些距离。这种独立性让人联想到蚯蚓，身体的后半段已经被人踩扁了，于是自己断成两截，拖着前半段身体逃到一边。因此，我在一定程度上安全了，得了点喘息之机；奇怪的是，我反倒宁愿您讨厌我写作。我们都知道您对我的书不屑一顾，您会说："把它放到床头柜上去！"（我拿书给您的时候，您往往在打牌。）这当然会挫败我的虚荣心和野心，但也让我觉得这样也不错。这种觉得并非出于想要反抗的恶意，也不是因为您的态度再次证实了我对于我们关系看得很准，而我为此感到得意。这纯粹源于我的直观感受，因为您的话在我听来就好像在宣告："现在你自由了！"当然这只是一种错觉，我并不自由，即使在对我最有利的情况下，我也不自由。

我的写作都是关于您，关于那些我没法趴在您胸前哭诉的事。写作只是一场与您的告别，过程被我刻意拉长了。虽然是您迫使我们告别，但我可以决定告别过程的走向。然而我写的事情是多么微不足道啊！这些小事如果发生在别人身上，根本没人理会，只不过恰好发生在我身上，才被我留心记住了。这些事在我年幼时是我的认知，后来是我的希望，再后来往往就是绝望了。它们主宰我的生活，左右我的一些不起眼的决定——只要我愿意的话，它们在我的作品里往往就会幻化成您的形象出现。

比如职业的选择。当然，在这一点上您以慷慨大度甚至是耐心的态度给予了我充分的自由。但您同样遵循了犹太中产家庭对待儿子的标准，这标准被您奉为圭臬，或者说您起码遵循了这个阶级的价值判断。您对我这个人的不信任终究还是对您的判断产生了一定的影响。您一直认为我非常勤奋，这一方面是您作为父亲的自尊作祟，另一方面也是因为您不了解我的本性。您觉得我在各方面都很弱很笨拙，便由"勤能补拙"反推出我必须勤奋。您看我小时候总在学习，后来又总在写作。但这是完全错误的想法。实事求是地说，我没怎么学习，而且什么也没学到；但毕竟学了那么多年，我记忆力中等，理解力也不算最差，学过的东西好歹留下了一些痕迹，这也不奇怪。

不过无论如何，与我在看上去无忧无虑、平静无波的生活中投入学习上的时间和金钱相比，尤其是与我所熟知的所有人相比，我所学到的知识，是非常贫乏的，基础知识也不扎实。但我觉得这是可以理解的。从我能思考开始，我就一直对自己的精神状况感到深深的忧虑，以至于对其他一切事都漠不关心。我们那里的犹太高中生都有点怪，您意想不到的什么稀奇古怪的人都有。但是像我这样对一切都无所谓的孩子，我从没见过。

没有人像我这样对自己根深蒂固的冷漠毫不掩饰，甚至带着一种动物般的自满，却又像孩子般无助，显得有点可笑；我喜欢独来独往，头脑中充满了冷酷的幻想。这种无所谓的态度是我给自己的唯一的保护壳，只有这样做，我的神经才能免于被恐惧和内疚摧毁。我忙着为自己担心，担心各种各样的事情，比如自己的健康：我很容易焦虑，怕自己会消化不良、脱发、脊柱弯曲。这种焦虑不断升级，直到最后真的生病为止。我对任何事都不确定，每一刻我都需要重新确认自己的存在，因为没有真真正正、毫无疑问独属于我的东西。实际上，我只是一个被剥夺了继承权的儿子。

我对自己的身体也没有安全感：我的个头一个劲儿地往上蹿，但我并不知道长这么高有什么用，我觉得站直太累了，于是变成了驼背；我不太敢运动，连体操也不做，所以身体一直很弱；我对自己还拥有的一切都叹为奇迹，比如我良好的消化能力，可是这种心态已足以让我的消化出问题，足以让我疑心的病都得上，就像那次我为自己的婚事付出了超常的努力，结果导致了肺出血——可能跟我当时租住在舍伯恩宫有关，我在那里是觉得自己需要一个安静的地方写作，这点我要在这里说清楚。我生的这些病，不像您想的那样是工作繁重导致。好几年里，就算无病无痛，我也爱懒洋洋地躺在沙发上，即便把您生病的时候都算上，我躺在沙发上的时间也比您一辈子躺着的时间都多。我心急火燎地从您身边逃走，多半只是为了回我的房间里躺着。不管是在办公室（我不敢在办公室懒得太明显，因为胆怯，我好歹还能装一装），还是在家里，我的工作效率都很低。如果您知道我有多懒，您大概会大吃一惊。

也许我的本性并不懒，我只是无事可做。在我生活的地方，我只会被指责、被审判、被践踏，虽然逃去其他地方同样让我筋疲力尽，但这不是工作造成的。除了极个别的情况，工作对我来说就是不可能的事，我实在有心无力。

我就在这种状态下得到了择业的自由。但我到底有没有能力利用这样的自由呢？我能相信自己真有本事干出一番事业吗？我的自我评价受您的影响最大，其他任何事物对我都不会产生这么大的影响，比如外在的成功。外在的成功只会让我感到一瞬间的兴奋，但这种兴奋很快就会消失殆尽，取而代之的是您对我的影响，它在自我评价的天平上越来越重，拖着我往下坠。我以为，我永远也通不过小学一年级的考试，可我不但通过了，还得了奖学金；我想着这回总考不上高级文理中学了吧，但还是考上了；我以为高一我就会不及格，谁知道成绩还行，我成功了一次又一次。但这些成功并没有让我变得更自信，恰恰相反——您没给过我好脸色，这也让我找到了自己不行的证据——我成功的次数越多，到最后肯定只会跌得越惨。

我常在脑海中想象老师们聚在一起审判我（文理中学只是其中一个例子，我周围到处都是类似的情况），读完了高一，还有高二，熬过了高二，还有高三，如此循环往复。我觉得他们在研究我这个独特的、闻所未闻的案例，想弄清楚我这个最无能、最无知的学生是怎样成功混到了现在的年级，我靠这点儿本事吸引了大家的注意，但肯定马上就会原形毕露，这样正义得到了伸张，大家都能欢呼着从噩梦中醒过来了。——要背负着这种残酷的想象，对一个孩子来说着实不易。在这种状况下，课堂上老师教授的内容我又能听得进多少呢？谁有能力让我心生关切，在我心中擦燃一点儿火花呢？

我对课业，如同一个监守自盗的银行贪污犯对正在进行中的具体的银行业务一样，都毫无兴趣。但在他的罪行尚未被发现之前，他还得作为银行职员履行职责，为此他整天担惊受怕，瑟瑟发抖。在这个关键的年纪，我不仅无力关心课业，也无力关心周遭的一切——如此重要的课业，我尚且不关心，何谈如此渺小、如此遥远的其他事物呢？就这样，我浑浑噩噩地混到了高考，靠半蒙半骗混过了关，接着一切就停滞了。直到现在，我终于自由了。在高中课业的重压之下，我尚且只关心自己，现在我自由了，又会如何呢？当然我并未真正获得择业的自由。我知道抓住最重要的事，其他一切都无所谓，就像文理中学里所有的教材都不重要，重要的只是找到一份工作，这份工作不能太伤害我的虚荣心，还得最大限度地容忍我冷漠的个性。那么把律师作为职业就是理所当然的选择了。

我也进行过一些与之完全不同的小尝试，比如我学过两周化学，还学过半年德语，然而这些尝试只不过让我进一步强化了这个基本信念：我得学法律。这就意味着，每次考试之前，我在完全无法集中注意力的情况下，还得硬往脑子里塞那些已经被千万张嘴咀嚼过无数遍的木屑，精神上简直味同嚼蜡。但在某种意义上，我竟然觉得这滋味也不赖，就像以前在高中学习和后来当公务员的滋味一样，所有这些都与我的境况相匹配。不管怎样，我在这方面表现出了惊人的远见，早在小时候我就已经清楚明白了学习和职业是怎么回事。我并不期待在这上面得到救赎，因为我早就放弃救赎了。

但说到结婚的意义和可能性，我就没有这种远见了。结婚这件至今为止最可怕的事几乎是毫无预兆地降临到了我头上。作为一个发育迟缓的孩子，结婚对我来说遥远得如在天边，偶尔才觉得有必要想到它，但我并未意识到，结婚意味着要通过一场漫长的、至关重要的，甚至可以说无比严酷的考验。事实上，试图结婚是我进行过的最轰轰烈烈、最充满希望的自救尝试，当然与之相对，这种尝试的失败也同样轰轰烈烈。

恐怕我在结婚这件事上已经一败涂地，我甚至没能让您理解我为什么想结婚。这关系着整封信的成败，因为在我试图通过结婚自救的行动里，一方面蕴含着我所有积极的力量，另一方面也积蓄着所有我急于发泄的负面力量，我在信里把这些负面力量描述为您的教育带来的附加后果，比如软弱、缺乏自信、内疚感。我的阴暗面在我与婚姻之间拉起了一道警戒线，我很难解释清楚我的动机。我在许多个日夜里殚精竭虑地反复回想，试图挖尽根源，以至于自己也逐渐凌乱了。在我看来，只有您完全误解了整件事，才会让我的解释容易些；如果您对我的误解如此之深，那么稍微化解一点儿才显得没那么困难。

一开始，您把我没能成功结婚和我在其他方面的失败归为一类；本来我对此并无异议，前提是您能接受我对于自己迄今为止的失败所做的解释。它确实是我无数次失败中的一次，但您低估了它的意义，这也导致我俩谈起这件事时，完全是鸡同鸭讲。

我敢说，在您的一生中，您从没遇见过像打算结婚之于我一样重要的事。我并不是说您从未经历过这样意义重大的事，恰恰相反，您的人生比我的人生丰富得多，操心得多，也紧凑得多，但正因如此您的人生中才没出现过这样的事。这就像一个人爬了五级阶梯，而另一个人虽然只爬了一级，但这一级对他来说太高了，就像五级并在一起那么高；第一个人不仅能爬完这五级阶梯，甚至还能爬过另外几百级、几千级，他会过一种伟大而艰辛的生活，但是他爬过的那些阶梯里，没有一级对他来说是意义非凡的。而第二个人，他站在第一级高高的阶梯前踌躇，用尽全力也爬不上去，所以他当然会一直被困在那里，没法前进一步。

结婚，组建家庭，顺其自然地孕育几个孩子，还要在这个充满不确定的世界里稍微给他们一些引导，这些在我看来就是一个人能够背负的极致了。虽然很多人好像轻而易举就做到了这些事，但并不能证明这些事就很简单，因为也有很多人没能做到。而且，那些看似"做到"了的人大多数也不是主动去完成这些任务的，结婚生子只不过是自然而然地"发生"在他们身上了。虽然这种情况并不符合我所说的"极致"，但也仍然非常伟大且值得尊敬（在很难把主动去"做"和"发生"严格区分开来的情况下）。所以我们也不必追求极致，只需要努力接近一点；纵使不必一飞冲天，飞到太阳的中心去，但也希望能慢慢爬到地面的一小块净土上，那样有时候太阳照过来，还能稍微暖和些。

对于这些人生大事，我准备得怎么样了呢？相当糟糕。您从我之前的经历也可以看出这一点。只要我个人做了直接准备，也为之创造了一般基础条件，您看似并不会过分干涉，也无法干涉太多，因为在这些人生大事上起决定性作用的是两性之间的地位、风俗、时代观念。不过您还是进行了一些干预，就是不多，因为强势介入的前提是相互间要极为信任。我们的需求如此不同，所以很不幸地，我俩在关键时刻早已失去了这种信任：对牵动我心的人和事，您无动于衷；反过来您觉得没错的事到我这里就是行不通；您觉得无足轻重的东西，却是压得我无法动弹的棺材板。

我还记得，以前我和您、母亲一起散步，我们走在约瑟夫广场上，就是现在的联邦州银行附近，我跟您聊一些趣事，但就像大多数和您聊天的时候一样，我表现得很愚蠢，夸夸其谈，满是优越感，骄傲、冷静（装出来的）、冷漠（这是真的），结结巴巴，我责备你们，说你们没有好好教育我，导致我的同学们不得不多担待我，导致我曾徘徊在巨大的危险的边缘（我在这里不知羞耻地撒了个谎，仅仅是为了吹嘘自己的勇敢，实际上因为我的胆怯，我根本没法知道所谓"巨大的危险"具体是什么），但我最后暗示你们，好在我现在什么都明白了，压根儿不需要你们的建议，我过得很好。

我开始说这些事情，一是因为这满足了我一点点表达欲，至少我能说出来了，二是因为我对你们的反应感到好奇，三是因为这在某种程度上是我对你们的一点报复。您的回复一如既往地简单，您只是说可以给我一个建议，告诉我怎样才能没有危险地做这些事。也许我就是想诱使您说出这样的答案,它符合我这样一个终日饱食、无所事事便想入非非的青春期少年的心理。但您的答案还是从表面上伤害了我的羞耻心,或者说我认为这个答案让我受到了伤害,所以尽管并不情愿,我还是无法继续和您讨论下去,便故作狂妄地擅自中断了谈话。

评判您当时的回答并非易事。一方面,这个回答是如此真诚,且具有原始性,令人震撼;另一方面这种说法本身又显得肆无忌惮,相当前卫。我不记得自己当时多大,但肯定比十六岁大不了多少。对一个那么大的少年来说,这个答案确实显得很奇特,我俩的差距在这里也就凸显了出来,这实际上是我从您那里得到的第一个直接的、与生活相关的教导。这个教导的真正含义已深埋我心,但直到很久以后我才模糊地意识到您给我的建议在您看来是世界上最肮脏的事,这在当时的我看来也是如此。您给出这样的建议,希望我不要借身体把外面的污秽带回家是次要的,关心我是次要的,您只不过是想保护自己,保护您的家。您最关心的是,您得置身事外,作为一个干净的已婚男人,高高在上,出淤泥而不染。您的话导致的更严重的后果是,让我认为婚姻本身是无耻下流的，我也无法把自己听到的关于婚姻的一般观点套用到我父母身上。这样一来，您就显得更纯洁、更高尚了。我完全无法想象，您在婚前可能会有类似您给我建议的那种想法。就这样，您与尘世间的脏污毫不干系。但您如此怂恿我，好像我生来就是这块料，听了几句大胆的建议就会堕入污秽。

如果世界上只剩下您和我，还有一个触手可及的念头，这念头遇到您便会就此终结，世界重归纯净，遇到我则会借助您那污秽的建议得以落地。您这样想我简直毫无道理，我只能把它解释为您过去的过失和您对我最深切的蔑视。我因此不得不再次重建自己的内心世界，万分艰难。

这个例子也许最能说明我们双方的无辜。甲给了乙一个建议，这个建议虽然按照甲自己的人生观也不怎么上得了台面，但在今天的城市里还算普遍，而且不会有损健康。这个建议虽然有悖于乙的道德观，但随着他年纪渐长，也应当逐渐领悟到危害，吸取教训，另外他也不是非得遵循这个建议，不管怎样这就只是一个建议而已，不至于让他未来的世界分崩离析。如果乙的未来还是因此坍塌了,那也只不过是因为您是甲,而我恰恰是乙。

我之所以能看清我俩的无辜,是因为大概二十年后,我俩之间针对完全不同的事情又出现了相似的冲突,虽然事实很糟糕,但它给我带来的冲击和伤害远没有二十年前的那么大。作为一个三十六岁的成年人,它又能伤到我哪里呢?这次的例子是我告诉您我想结婚了,您听后一连好些天都在生我的气,其中有一天我们进行了一次短暂的谈话。

您大致对我说了以下这些话:"她大概穿了一件精心挑选的衬衣吧,布拉格的犹太女人就会来这一套,所以你才决定要娶她。而且你还得尽快,过一周就得娶,明天就得娶,最好是今天。我搞不懂你怎么想的,你已经是一个城里的成年人了,除了马上把你的情人娶回家,你就想不出别的办法了吗?就没有其他可能了?如果你害怕的话,我可以和你一起去。"这次您说得更清楚、更直白,但是我已经记不清您原话的细节了,也许是因为我的眼前已经有些模糊,我更关注母亲的举动,虽然她完全同意您的看法,但还是从桌子上拿起了什么，走出了我们谈话的房间。

您用言语对我进行了最深刻的羞辱，无比清楚地向我表达了您的蔑视。当您二十年前对我说出类似的话时，也许我还能从您眼中看到几分对早熟的城市少年的尊重，因为在您看来，您给他提人生建议时，已经无须绕弯子了。但今天，您给他的只有蔑视，您觉得当时才踏入成人世界的小子此后一直停留在十六岁，与当时相比，他的经验毫无增长，却可悲地虚度了二十年的光阴。

对于您来说，我对另一半的选择毫无意义。您过去（无意识地）压制我的决断力，现在则（无意识地）认为我的决定一文不值。您对我在其他方向进行的自救尝试一无所知，对我做出结婚这个决定的思想过程也一无所知。您只能尝试去猜，根据您对我这个人的整体评判给出最丑恶、最拙劣、最可笑的建议。而且您可以毫不犹豫地以同样丑恶、拙劣、可笑的方式告诉我您的想法。我想结婚，这玷污了您的名声，因此您认为您对我施加的羞辱远不及我对您所做的玷污。

关于我对结婚的打算，现在您可以给出答复了，您也给出了答复：鉴于我两次和F①订婚，又两次和她解除婚约，还把您和母亲拖到柏林，害得你们白跑两趟以及其他类似的例子，您没法把我的决定当回事。没错，这些都是事实，但事情是怎么发展到这一步的呢？

两次计划结婚，两次的基本目的都无可厚非：我想组建一个家庭，实现独立。您觉得这个想法很正当、很合理，但实际的结果就像孩子们在玩游戏，一个人一边握住另一个人的手，甚至紧紧按住他，一边喊着："嘿，去吧，快去，你为什么不去呢？"到我们这里，情况就更复杂了，您大声呼喝的"去啊！"一直都是真心的，但您并不知道，恰恰是您阻碍了我，压制了我。

虽然我与两个女孩的相遇纯属偶然，但她们都是我认真选择的结婚对象。您竟然认为，我——这个胆怯、犹豫不决、处处猜疑的人之所以突然决定要结婚，是因为一件衬衫的引诱。您完全误解我了，两次结婚都是我权衡利弊之后做出的决定。每一次做决定之前，我都殚精竭虑，夜以继日地再三思索，第一次我用了几年时

---

① 指菲莉丝·鲍尔，她是卡夫卡第一个打算结婚的对象。

间，第二次也用了好几个月。

两个女孩都没有让我失望，只有我让她们失望的份儿。我对她们的评价仍然和当初我想娶她们时一样，丝毫没有改变。

这并不是说我在第二次打算结婚时忽略了前车之鉴，草率地做了决定。两次的情况完全不同，第二次本来就希望更大，加上第一次的经验给了我助力。个中细节，我不想在这里一一详述。

那为什么我还是没结成婚呢？当然我也像其他人一样遇到了各种困难，但是人生不就是充满了困难吗？然而和其他人不同，我遇到的最主要的困难在于，从精神上讲，我显然不具备结婚的条件。这表现在从决定结婚的那一刻起，我就无法入睡——我的脑袋日夜发烫，没法正常生活，只能绝望地摇摆不定。引起这些症状的并不是我对婚姻的担忧，当然由于我的忧郁和迂腐，我有很多担心，但这些都不是关键，它们只不过像蛆虫啃噬尸体一样按部就班地工作着；给我致命一击的是其他东西，是我的恐惧、虚弱和自卑给我带来的压力。

我会试着解释得更清楚些：在结婚这件事上，我俩的观念发生了前所未有的激烈碰撞，几乎是完全对立的。结婚当然是一张通行证，可以让人最快地获得自由、实现独立。如果我有一个家庭，我就实现了在我看来人生所能实现的极致成就，这也是您已经取得的最大成就。那我就与您势均力敌了，我们之间所有的旧伤新辱以及您的独裁统治都将成为历史。这种结果听上去像童话一样美好，但太美好了我就会开始怀疑这只是奢望，我根本不可能实现这个梦想。

就像一个囚徒，他不仅想逃出去，还想把这个监狱改造成一个富丽堂皇的行宫。如果他只计划逃跑，那没什么好说的，他大概率会成功。但如果他要改造行宫，那他是不能逃跑的，逃跑了就无法改造行宫，改造行宫就无法逃跑。我和您如此不和，若我仍想独立，则必须尽量避免和您扯上关系才行——虽然结婚是最了不起、最光荣的独立，但同时这件事和您的联系也最为紧密。想要摆脱这种困境无异于痴人说梦，所以我每一次企图结婚时都受到了惩罚。

这种紧密的关系恰恰也是吸引我结婚的原因之一。我希望我俩从此就可以平等相处，您会比别人更理解我的这个愿望——它太美好了，我会变成一个自由的、知恩图报的、无可指责的、诚实正直的儿子，您会变成一个开明的、有同理心的、心满意足的父亲。但要实现这个梦想，曾经发生的一切都必须从未发生过，即就连我们自己都得一笔勾销。

但鉴于我俩现实中的关系，婚姻的大门已经对我关闭了，因为结婚恰好是您最有话语权的领域。有时候我会想象出一张平摊在地上的地图，您伸展四肢，横亘其上，我只能在您留下的缝隙里或您的势力范围外生活。您的影响力在我的想象中如此之大，以至于我剩余的生存空间被挤得很小，小得令人沮丧，我的婚姻则直接被挤到了地图之外。

我打这个比方绝不是想说您在自己的婚姻中没有做好榜样，所以让我畏惧婚姻，就像让我畏惧从商一样。恰恰相反，我在你们的婚姻中看到了很多堪为楷模的东西，比如忠诚、互助，你们还生了那么多孩子，即使当孩子们长大，越来越多地搅扰到你们的安宁，你们的婚姻仍然固若金汤。也许正因为珠玉在前，我才会对婚姻有如此高的期待。那么我对结婚的无能为力，原因只在于您和孩子们的关系，整封信讲的也是这一点。

有种观点认为，有时候人们畏惧婚姻是害怕因果循环，害怕自己对父母犯下的罪会在孩子身上得到报应。但我想这种说法对我没有太大意义，我的内疚感来源于您——您太独特了，只有您能让人这么痛苦，简直无法想象还有其他人会像您一样。毕竟我不得不承认，如果我有这样一个让我无法忍受的儿子，他缄默、沉闷、无趣、衰弱，而我又对此无计可施的话，大概只能从他身边逃走，逃到国外去，而您直到我打算结婚时才产生这样的想法。我不能成功结婚，可能也有部分原因在于我的内疚吧。

我不能成功结婚，更重要的因素在于我对自己的恐惧。您可以这样理解：我已经说过，我试图通过写作以及与写作相关的事来逃离您，从而获得独立，但我从未取得过哪怕一点点微小的成功。靠写作达不到我的目的，很多事例已经证明了这一点。尽管如此，好好地守护它们仍然是我的义务，或者毋宁说写作是我的生命所在，只要我能够抵御得住，我就要防止任何可能威胁到它的危险靠近它。婚姻就是这样一种潜在的危险，虽然婚姻也有可能会极大地促进我的写作，但只要它有可能成为危险，对我来说就已足够了。如果它是危险的话，我怎么可能走入婚姻呢！尽管没有证据证明婚姻会危及写作，但我感觉到了危险。直觉无可辩驳，我又当如何在婚姻中生活呢！因此固然我时不时地动摇，但最终的结果是明确的，我必须放弃婚姻。"手中的麻雀"和"屋顶上的鸽子"[1]这个比喻放在这里谬以千里。我手中空空，万物都在屋顶之上，但我基于力量对比和生存困境，还是只能选择手中空空。在择业这件事上，我也面临着相似的处境。

对于我的婚姻来说，最重要的阻碍是我那已经根深蒂固的观念，我认为您身上有着一切维护并引领一个家庭不可或缺的品性，不管品性好坏，它们都在您身上形成了一个有机的整体。您的强壮，您对他人的讥讽，您的健康，以及些微的放荡不羁；您演讲的天赋，您的

---

[1] 引自一句德语谚语："宁要手中的麻雀，不要房顶上的鸽子。"手中的麻雀意为实实在在能拿到手的微小利益，房顶上的鸽子虽然更大，但随时会飞走，比喻更大的不确定的收益。意思是不要舍近求远，实实在在的小利也比虚无缥缈的更大的利益好。

不足，您的自信以及您对其他所有人的不满；您的不信命，您的专制，您的世故，您对大多数人的不信任；还有那些彻头彻尾的优点，比如勤奋、坚毅、沉着、果断、无畏。上述这些特质我几乎都没有，或只有很少一点。

当我看到就连您这样的人都在婚姻中苦苦挣扎，在处理亲子关系上甚至是个失败者，那我岂敢就这样走入婚姻？我当然无法斩钉截铁地提出这个问题，也给不出斩钉截铁的回答。这时候如果按通常的思维去想事情，其他跟您不同的男人们（就从我们身边举一个与您截然不同的例子吧：理查德叔叔）也一样结婚了，而且至少没有因为婚姻崩溃，这已经很能说明问题，足够让我不再纠结了。我虽然没有提出过这个问题，却从童年时代开始就一直在经历它。

我并非在拷问自己对于婚姻的态度，而是在拷问自己过往的每个细节，我回忆您通过言传身教让我相信的我的无能，就像我试图描述的那样。如果若干小事已经证明您是正确的，那在最重要的事——婚姻，您对我的判断当然更应该正确。提出结婚之前，我就像一个商人，虽然这个商人一直忧心忡忡，有某种不祥的预感，记账也不仔细，但也就这么浑浑噩噩地过日子。他有几笔微小的收益，正因为收益少之又少，所以他倍加珍惜，不断夸大收益，其实他多半时候都在亏损。他记下了每一笔收支，却从未做过结算。现在到了打算结婚的时候，不得不结账了。可以想见，他已经负债累累。那个数字好像在说，他从来没有获得过一丁点儿可怜的收益，所有的一切都是个巨大的错误。现在结婚吧，不疯才怪！

这就是迄今为止我和您共度的生活了，未来大概也会继续这样生活下去。

倘若您能看完上述我怕您的理由，您可能会这样回应我："你把我俩走到这一步的关系完全归咎于你，这样一来，我就应该感到更轻松才对。但我认为，虽然你看似受尽折磨，实际上我们的关系至少并未让你的生活更加艰难，甚至让你获益良多。首先，你也拒绝承认你那边存在任何错误和责任，在这一点上，我们都是一样的。当我坦率地把错误归咎于你时，当然这也是我的真实想法，你为了显示你的'聪明'和'大度'，宣布我对此也没有任何过错。当然你只是表面上这么说（你也不会愿意做更多让步），尽管你通篇使用了各种'话术'，什么'本性''天性''对立''无助'，但你真正想说的是，我才是进攻的一方，而你做的所有事都不过是自卫。现在你的虚伪可能已经让你达到目的了，因为你已经证明了三件事。第一，你是无辜的；第二，我对此负有责任；第三，因为你的宽宏大量，你不仅准备原谅我，还准备证明并且想要相信我也是无辜的，尽管这与事实不符。按理说这应该能让你满足了吧，但你还是不满足。你只想寄生在我身上。我承认，我们互相斗争。但世上有两种斗争：一种是骑士式的斗争，独立的对手间互相较量，各为其主，输赢都堂堂正正；另一种是蚊虫鼠蚁的斗争，它们不仅要叮咬人，还依靠吸血为生，这是雇佣兵式的斗争，而你正是如此。你无法独立生活，为了让自己能够舒舒服服、无忧无虑、毫无自责地吸血，你就得证明是我让你失去了谋生的能力，还把你的谋生手段都收入囊中。如果你都无法独自生活，你现在还能关心什么呢？而这责任在我。你只是毫无作为地安静躺着，任我从肉体和精神上对你进行鞭笞。举个例子，当你终于想结婚的时候，你同时又不想结婚，你在这封信里也承认了这一点。但你为了撇清自己的责任，就希望把我当作借口，你把你不结婚的理由归结为，我由于感到你们的结合让我的姓氏'蒙羞'，所以禁止你结婚。但我压根儿不是这么想的。首先，和以往一样，我从未想过'阻挠你获得幸福'；其次，我也绝不想从我的孩子口中听到这样的指责。即使我违背自己的心意，同意你结婚，会有用吗？一点儿用也没有。我的反对无法阻止你结婚，恰恰相反，甚至还会刺激你娶那个女孩，因为用你自己的话说，'逃离我的尝试'，这样一来就能得以圆满了。即使我准许你结婚，也逃不掉你的指责，因为你证明了，无论如何，你不能结婚都要怪我。但其实你写的这封信，以及其他所有事情在我看来都只证明了一点，那就是我对你的指责都是有理有据的，我还应该说你虚伪、奴颜婢膝、寄生虫呢。如果我没弄错的话，你写这封信也是为了吸我的血。"

对此，我的回复是：这些反驳都不是您说的，而是我设想的。如果您这样反驳我，里面有部分内容也可能会回弹到您自己身上。您让我学会了自我怀疑，我对自己的不信任更甚于您对其他人的不信任。我不否认您的观点有一定的道理,而且它还对描述我们的关系贡献了新的视角。当然现实并不一定与我的想法完全吻合,我信中的证据已经说明,人生不过是一场自问自答的智力游戏,我希望通过这番问答能让我们之间的误解得到一些修正。我不能,也不愿逐一列举、挨个修正,但我认为这至少能够还原部分真相,让我俩得到些许安宁,面对生死,都能轻松一些吧。

弗兰茨[①]

(刘彦妤 译)

---

① 卡夫卡的全名为"弗兰茨·卡夫卡"。

穿过绿色小径去见你

穿过绿色小径去见你

/ 狄金森

狄金森在她将近二十岁的时候,遇到了生命中与其情感连接最深的人——苏珊·吉尔伯特。狄金森的很多灵感都来自此人。在她的书信中,写给苏珊的信是最多的。那些热情洋溢的书信,那些亲昵的称呼,那些强烈的情感,充分体现了两人之间的深厚友谊。

在这六月的下午,苏茜①,我只有一个念头,那就是想念你;我只有一个行动,那就是为你祈祷。亲爱的苏茜,希望我们心意相通,手拉着手,像孩子般在森林和田野中奔跑,忘却过去的时光,忘却悲伤的忧虑,再

---

① 苏珊的爱称。

次成为孩童——多希望此愿成真。苏茜，当我四下环顾，发现我孤身一人，我再次为你不在身边而叹息。这叹息几不可闻，又徒劳无功，并不能将你盼回家。

我越来越需要你，大千世界天高地阔，好友却越来越少，你不在的每一天，我都思念着心上的人。我的心四处游荡，呼唤着"苏茜"这个名字。我那难舍难分的朋友，噢，我的朋友寥寥无几，他们即将远去，让你我再难寻觅。但不要忘却这些回忆，毕竟时光已逝、佳友难寻，对他们的回忆将大大缓解我们的懊悔之情！

苏茜，亲爱的，请原谅我所说的每一句话——我的心中只有你，别无他物。可当我想向你说些什么，却难以启齿。若你此刻在这里，噢，我的苏茜，若你此刻在这里，我们无须交谈，双眼便会替我们"私语"，你会将手递到我手中，无须多言——我会将你拉到身边，努力把这几周的时间赶跑，直到它们淡出视线。我想象着你已来到我的身边，而我正穿过绿色小径去见你。我的心十分雀跃，我极力压制住它，叫它耐心些，直到亲爱的苏茜来到。

三周——它们不会永无尽头，毕竟还要与兄弟姐妹共赴西方家园!在那珍贵的一天到来之际,我的耐心也将消耗殆尽。此前,我只是为你哀伤;此后,我对你充满希冀。

亲爱的苏茜,我竭力思考你喜欢何物,最终看到了我那小小的紫罗兰,它们祈求我放它们走,我便将它们寄予你,还有少许青草"自愿请命",要为紫罗兰做个"指引"——这些花还小,苏茜,恐怕也还没什么香气,但它们会为你带去家乡的温厚情谊,带去"永不沉睡"的信念——把这些花放在枕下吧,苏茜,它们会让你梦见蓝天、故乡,还有那"福佑之地"!待你回家后,我们可时不时与"爱德华"和"埃伦·米德尔顿"①待上个把钟头——我们必须弄清楚,有些事情是否为真,若确实为真,那我们真是得来全不费功夫!

再见吧,苏茜,文尼和母亲向你致爱,我向你献上一个羞涩的吻,希望此刻你身旁无人!不要让他们看到好吗,苏茜!

艾米莉——

---

① 两者皆是小说《埃伦·米德尔顿》中的人物。

为何我不能作为代表，参加辉格党①的大会？毕竟，我知道关于丹尼尔·韦伯斯特②、关税和法律的一切。我如果能参加大会，便可以在会议间隙与你相见——不过，我一点儿也不喜欢这个国家，不打算再在这里待下去了！美国、马萨诸塞州③，你们就灭亡吧！

请小心启信

1852年6月11日

（张容 译）

---

① 英国政党，诞生于17世纪末，19世纪中叶演变为英国自由党。
② 美国著名政治家、法学家和律师，曾担任美国国务卿。
③ 美国东北部新英格兰地区一州。

带你去看日落

/ 狄金森

狄金森在十四五岁到二十四五岁之间，一直与同窗好友阿比尔·鲁特互通书信。这些书信见证了狄金森的青春岁月，展现了狄金森的成长环境、交友情况以及世界观、人生观的形成过程。此篇便是其中的一封信。文中的A.指阿比尔·鲁特，E.指狄金森本人。

A.与E.，我喜欢将你们两个联系在一起，看着你们肩并肩——这一幕令我快乐，我愿意就这样看着你们，直到日落。不过，我想起一封十分珍贵的信，我还只字未回——我要谢谢你，你好友如云，还身患流感，却抽出时间关心我、爱护我。你说我写的信情感不足、更像出于习惯——这句话令我一遍又一遍地回想往事，我疑惑：比起往昔，我们近年的情谊是否有所降温，抑或我不自觉地写信时没有走心？这疑惑困扰着我。但我诚挚地相信，学生时代的情谊并不比当下更炽热，不，当下的情谊才是最热烈的。学生时代与现在的情谊，于我而言，就如清晨与黄昏之别——一个也许更清爽欢欣，但另一个也绝不逊色。

告别学生时代，你我成熟起来，岁月让我们变得更为冷静——我是说，岁月让我更冷静了。而你，从小到大，一直都这么庄重；我虽羞赧，却总爱蹦蹦跳跳。我不禁想起初见你之时，我难掩脸上的笑容，但并不是在大声嘲笑当时还是个小女孩的你。想必我已成功引起你的注意，让我来告诉你：当时，我们还在那间氛围好的老学堂读书，某个周三的下午，我本来要在学堂聆听男士们慷慨激昂的雄辩与女士们温婉柔和的演讲。走进庄严的会场，我尚未从震惊中回过神来，你便镇定自若地拾级而上，卷发上插着一朵蒲公英。即便有一日我华发丛生，也永远不会忘记那一幕带给我的震撼。

现在回想起来，当年那奇异有趣的一幕，还是让我笑出了声。噢，A.，你总令我想起初开的花。当新绿冒头，珍贵而纤小的蒲公英从石缝中探了出来，我的心因你而充满了温暖与孩童的稚气!我不再笑你;我祝福这甜美的调皮的小花,它拉近了你我的距离。

可是,我亲爱的,这特权本应属于你,我不想让之于蒲公英,因此,小花们,我们就此别过吧!

A.,比起给你写信,我更希望见到你,也许那样我会轻松不少。当下的天气十分暖和,我的头有点儿痛,但我的心更痛。从大体上看,我似乎挺糟糕,但我会向你展露阳光的一面,你切莫关注我的阴霾面。从前你给我写信时,你很开心,希望你现在仍是如此。我还希望你身现乡村,那里四周有小山和田野。我每日与花儿们"亲密接触",若是它们凋谢了,我便再拿些新的回来。若你能像我一样,坐在我的窗边,聆听无尽的鸟鸣,不时感受鲜花初开的气息,你就会感到满心欢喜!噢,喜爱春天吧,春天难道不像是我们的兄弟姐妹,为你我以及所有人带来福佑?

我常常见到A[①],如此频繁,以至于我们的友情消减不了半分。你知道吗,枯萎过的花,若是复活,便会永

---

① 此处应该不再指阿比尔。

生——这是不是说,这花儿重获新生呢?我想,复活的花应比长寿的花更甜美,毕竟你对长寿的花有所期待,对复活的花则并不强求、唯有希望罢了……如果你愿意坐在我身边,我就带你去看日落,但我无法将之搬运到你面前,毕竟那金灿灿的景致十分沉重。你在费城①能否看到日落?

亦写于1852年6月中旬
安息日

(张容 译)

---

① 美国第五大城市。

夜莺为你我鸣唱

/ 王尔德

> 作为王尔德的好友,罗伯特·谢拉德是一个无名诗人,也是王尔德传记最早的作者。他在自己的诗集里献词王尔德:"怀深情与崇敬,献给诗人吾友,奥斯卡·王尔德。"王尔德回信,感谢他的献词。

亲爱的罗伯特:

你的信如你本人一般可爱。我一路漂洋过海,赶乘火车回来。因从巴黎带回的行李超重,我还付了一笔费用,这让我怒气冲冲。我刚腾出空,便坐下来,与你同享你的信带来的愉悦。我只消看一眼你的笔迹,脑海中便满是悠然自在的月光,还有那闲情逸致的夕阳。

我欣然接受你的献诗——如此优美悦耳的赠礼,又出自我珍爱之人之手,我怎可回绝?

于我而言，纯挚的友谊如明镜，无论多么卑鄙的欺骗，无论多么无耻的背叛，皆不会令它蒙尘。人来人往，形同幻影，唯有理想，永远光洁如新。生活的理想不仅仅依靠爱来维系，也并非纯凭有人为伴的欣喜，还要借蕴藏于艺术与诗歌中同等高尚的思想，方能豁然开朗。我们皆可在同一尊大理石女神像前俯首，将千篇一律的赞美诗注入女神的芦笛。夜间的黄金，黎明的银子，汇就我们的圆满。从乐手的手指掠过的每一根琴弦上，从雀跃着驻足、藏身的每一只鸟儿上，从山间盛开的每一朵花儿上，我们的心在同样的美感中浸染，在美的殿堂中携手相见。

这是我心目中真正的友谊。唯有如此，人的生命才得以存续。但友谊也是一团火焰，将美中不足化为灰烬，它无法洗去污点，只会让污点灰飞烟灭。你我之间或千差万别，差别之大，或超乎我们预想，但我们渴望万物之美的心别无二致，我们怀揣着同样的心，寻找那座金色的小城。在那里，笛手从不倦怠，春色从不凋零，智者不会沉默，那座小城是艺术的宫宇；在那里，空中仙乐绕梁，众神谈笑风生，艺术静候她的崇拜者。最起码,我们不是踏入荒漠,苦觅一株风中摇曳的芦苇,也不是闯入宫中求访某位王公贵胄,而是奔赴甘泉遍地的原野,探访生命之井。夜莺为你我鸣唱,月光照拂我们,我们不曾赞美帕拉斯[1],亦不曾为赫拉[2]讴歌,却要向艺术致敬——她用顽石与璞玉为我们筑就雕梁绣柱的帕提侬神庙[3],她是美的灵魂,她从空灵的山峦落入腐朽的凡间,现身于寒冷的暗夜,与我们并肩向前。

我想,这正是你我之所求,求取的路上,你我应当携手,你是我亲密的挚友,你让我对未来充满信心,对我们的情谊坚信不疑。

奥斯卡[4]

邮戳日期:1883年5月17日

伦敦市格罗夫纳广场芒特街8号

(杜星苹 译)

---

[1] 古希腊神话中的智慧、战争与艺术女神雅典娜。
[2] 希腊神话中的天后,主神宙斯之妻。
[3] 祭祀古希腊雅典城邦的女守护神雅典娜·帕提侬的神庙。
[4] 王尔德通常被人们称为"奥斯卡·王尔德"。

最好是夏天来

/ 托马斯·哈代

> 伊丽莎白·林恩·林顿是19世纪的一名英国新闻记者,她与托马斯·哈代关系密切。两人在对小说的某些看法上高度一致,都表示过小说可以分为两大类,一类是年轻人或妇女看的女性小说,另一类则是男性小说。

亲爱的林恩·林顿女士:

今早收到您的来信,我实在是高兴,我们之间的关系已"解冻",希望时不时通信交换下看法,哪怕写在明信片上也好。

我寄给您的小故事,完全不值得您认真评论,只是这是我圣诞节唯一的新作了。在这个时候,我尤其希望拥有诸多朋友的您没有忘记我这个朋友。

一年当中，有六个月或更长的时间，我与太太相对孤独地住在此地的小房子中。有时我们想，尽管在外边见到了很多形形色色的人，我们真正的、长久的朋友却很少。伦敦人习惯性将四英里圈子以外的人视如无物。跟您交往后，我知道至少有一个人不这么想。

若您能到我这来，最好是夏天来，我会带您四处转转。我们这里是农场上的一个绿色小山坡，过去我常常坐在山坡上读您发表在《周六瞭望》上的大作。无知如我，竟从未怀疑过作者的性别。

我一直认为，您名气最大的那篇文章并不如您其他文章那样优美明晰；然而，世上之事往往就是这样出人意料。

眼下，我正处在一个纠结的状态，要确定之前计划里的一个长篇故事的中心思想：在我所认为的生活真相与编辑、批评家的传统思想所能接受的"真相"间进行取舍。上帝保佑他们！此事解决之前，我无法安定下来。希望有机会向您征询意见！

请相信我,亲爱的林恩·林顿女士。

您永远诚挚的托马斯·哈代

1888年12月24日

(张容 译)

里面藏着一只可爱的松鼠

/ 伍尔夫

> 这是伍尔夫写给密友维塔的信,维塔系伍尔夫同时代的作家、诗人。伍尔夫的《奥兰多》便是以维塔为原型创作的小说。在该信中,伍尔夫向友人详细讲述了自己的近况。

维塔·萨克维尔·韦斯特:

今早收到你从的里雅斯特①寄来的信——为何你会认为我无法感受,或是在自创短语呢?你说"可爱的短语"会扭曲事实。恰恰相反,我一直试图说出我的感受。你相信吗?上周二,也就是一周前你离开的那天,我去了布卢姆斯伯里的贫民窟,寻找一架管风琴。但这

---

① 意大利东北部港口城市。

未能让我开心。我还买了《每日邮报》，上面的图片让人看得兴趣寥寥。随后的日子无大事发生，生活不知怎的变得暗淡潮湿。我百无聊赖，甚是想你，真的想你，一直想你。你若不信，你就是愚不可及。怎么样，这个词可不可爱？

此刻，格里兹尔①正坐在地板上，恰是上周你坐过的地方。某种程度上，你渐行渐远，我越来越看不清你。想到你置身于骆驼和金字塔之间，我便有些惭愧。然后，你将登船，船上有船长，有金色花纹装饰的木甲板和舷窗——随后你出现在孟买，那里有我许多的叔伯与表亲。最终，你抵达巴格达，成为"格特鲁德·贝尔"②。

我们还是先不谈这个，说说眼下发生的事吧。我最近做了些什么呢？你不妨将我想作被送回学校的可怜孩子吧。这段时间我忙极了，都没空从圣诞树上拿下礼物，连发光的灯泡也没取下来。

不得不说，肯定是你扰乱了我的生活——不然，为

---

① 伍尔夫的爱犬。
② 英国著名女探险家、考古学家、语言学家、作家和外交家。

什么你刚一离开,我的家庭杂事就如洪水般涌来。你决计想不到,我需要购置多少垫子、毯子、床单、枕套、衬裙与簸箕。有人建议去希尔斯商场买一张床垫,我告诉你,这可得搭上整整一天,乃至两三天的时间。每走进一座商场,我灵魂中的所有灰尘便会升腾而起,次日又怎能静心写作呢?再者,许是看出我不善采购,售货员并不信任我,这迫使我化身为挑剔的泼妇。说到底,我为何要做这些呢?有这十六个先令①买四张床垫的工夫,我都能写二十页左右的文稿了。

说实话,我现在写作,状态很兴奋。之前写《到灯塔去》时,我都没有如此神速。我若是在一两年内无病无灾,定能一气写出三篇小说。也许是错觉吧,但(我被打断了:格里兹尔叫唤了几声,又安静下来。今晚夜色柔和,南安普敦路的街灯亮着。我告诉你,昨天我在广场上看到番红花时,想到了梅,维塔),我刚说什么来着?噢,我说自己现在能够写作,且状态乃此前所不能及——带着这种错觉,我写了五十页,速度很快,下

---

① 英制旧式辅币单位。

笔如有神助。感谢上帝,一切都结束了。有一点,我可不能被你"牵着鼻子走"了:何不聊聊你的写作呢?为何我们之间的话题总是关乎我呢?我希望你四面开花,而我不过是颗小豌豆罢了。(你看到我写得多紧凑了吗?那是因为想说的太多,又不想让你厌烦,所以我想,干脆把字写得密一些,维塔就不会看到一封"长信",也就不会觉得厌烦了。)

若问这段时间我有没有见人,是的,我见了不少人,但大多是业务上的交流——印刷机的声音在我耳边嗡嗡作响。我要读大量的手稿,要写诗、写信,还要请多丽丝·达格利什喝茶。这个可怜的小女佣,衣着破旧,人很机灵,走路拖着鞋,一次能吞下一大块蛋糕。她的无礼与自信实在令人惊讶,一定程度上是缺乏教育所致。此外,她自认是个天才,视我为可敬又有点头脑的成功人士后便来问我:"伍尔夫女士,在您看来,我的才华是否足以为文学事业奉献终生?"这个小女佣需要照料患病的父亲,又没什么钱。伦纳德[①]听她说了

---

① 伍尔夫的丈夫。

一个钟头后,用最笃定的口吻建议她当个厨子。这反倒激起了她心中关于天才、小说、希望、野心等诸多的想法,于是她给汤姆·艾略特寄去了一些自己写的小说等作品。如今,这个小女佣已去旺兹沃思,我们将会读到她点评蒲柏①的文章。我还见到了雷蒙德、克莱夫和玛丽,还有西格夫里·萨松、戴迪和我的法国小寡妇(格温·雷夫拉特)。

如今,维塔应该在孟买待腻了:那里光秃秃,又很乏味,到处是猿猴和岩石。你无法想象,作为一个聪明的女人,我是如何在脑海中将你讲述的点点滴滴绽放成美丽的花朵。

至于我见过的人,我一个也不喜欢——不过,我本不擅与人打交道。你料到了吗?我不冷漠,不虚伪,不软弱,也不多愁善感。我到底是怎样的人呢?期盼从你口中听到答案。亲爱的维塔,将你在火车上的所思所想都写下来吧。我将一一回复。

我半只脚踏入"演艺圈"了——一位时髦的女演员

---

① 英国诗人。

来拜访我,她的心本已全然枯萎,却出乎意料地得到一个角色,邀请我到幕后探班。

现场的演员数量惊人,我可真是太爱他们了:一个个涂脂抹粉,光彩照人,美得都不真实了。他们头脑精明,由于失业或失恋,人人脸上都挂着绝望的神情。他们当中,有的人有私生子,有的人周日就要死了,还有的人患了伤寒。他们觉得我像个怪诞的半人半兽体,又像个魔鬼,在天主教堂里大吵大闹。

随后我们一起喝了茶,周边环境很糟糕。我将双腿叉开,像本摊开的书。我滔滔不绝,演员们听得很兴奋。不过是一时新鲜罢了。除了我自己的社交圈,我对其他社交圈不屑一顾。

先聊到这里吧,我要准备周六海耶斯·科曼学校的讲座了。玛丽愿意借车给我,不过我没接受。我想骑维塔的摩托车,想被她温柔以待。我相信她会的。

你可否多写一些信,旅经各地时寄给我?

当然(回到你的来信),我一向知晓你性情冷淡。我只对自己说,要体谅他人。秉持这一原则,我去了朗伯恩。解开套头衫的第一枚纽扣,你就会发现里面藏着一只可爱的松鼠。它带有无上的探究精神,是何等可爱的生灵啊!

你好吗?请告诉我。

弗吉尼亚[①]
1926年1月26日,周二
塔维斯托克公园52号

(张容 译)

---

① 伍尔夫是姓氏,弗吉尼亚是名字。

大海足以安慰他们

/ 纪德

这是纪德写给同为文学大师的好友保罗·瓦莱里的信,二人互通书信长达五十年。在信中,他们谈友谊、谈文学、谈时政、谈自我,再现了20世纪初法国文坛的部分作家风貌。

亲爱的朋友:

你读到这封信时会在哪里?

你会看到大海吗,还是仍闷在房间里无精打采?

我经历了很多,沉默了很多。有三周的时间,我盲目地活着,无所事事;或者尝试做一些事情,好让自己无暇思考。所做之事都是围绕亲朋好友打转。这段时间,他们都待在这里,我忙于接待和照顾他们。

等所有人都离开了,我不得不在那里又待了四天。

昨天,我刚从布列塔尼①回来。

我身边只剩下一种淡淡的悲伤和对未来的期待。

你的这封信是你写给我的所有信中最悲伤的一封。正因如此,我觉得它是最好的一封。你在思念什么——我错了吗?我感到你在呼唤着什么人,而对方也正在渴望着被人呼唤。我们要等很长时间才能得到回应,这就是为什么我非常理解那些宁愿大叫大喊也不愿低声嗫嚅的人。人有时依靠幻想才能走出孤独,前提是他乐于幻想,有些人太过骄傲而不愿意被幻想愚弄。这群最傲慢的人,拥有这种心性,怎能开心起来呢?可悲的是,他们自己无怨无悔。

所幸大海足以安慰他们。他们的心中有了慰藉,自然不必与人打交道。

写下这些话,我心情愉悦,想尽可能多写一些。我知道你有自己的一套理论,但你想过没有,每一种限制,如果没有这种文字梗概,便太过专横锋利了?我们做每件事都要综合考虑,甚至在爱情中也不例外——此

---

① 法国西北部半岛和大区名。

事带来的后果是什么?!

原谅我的胡言乱语。我本该和你聊聊月光下的圣马洛和灰、绿、棕相间的沿海圩田。但我想我的时间还很多,明年再和你讲风景吧。

你的挚友安德烈·纪德
1893年8月24日

(李泓森 译)

你仍如我的生命一样珍贵

木质的十四行诗

/ 聂鲁达

聂鲁达一生共有三位妻子,第三位妻子马蒂尔德是他在一个音乐会上认识的演员。初次见面,他们不过是逢场作戏,三年后再相遇时却擦出了爱的火花。在聂鲁达生命的最后二十多年里,他创作的多数作品都是为马蒂尔德而作,最有名的便是《船长之歌》和《一百首爱情十四行诗》。

致马蒂尔德·乌鲁蒂亚:

我深深眷恋的爱人,为了写这些蹩脚的十四行诗,我受尽折磨、痛苦不已,但是一想到能把它们献给你,我的喜悦之情就如大草原般辽阔。在构思时,我很清楚,古往今来,历代的诗人以他们高雅独到的品位,赋予十四行诗不同的声韵,如银器般精致、如水晶般清脆，或如炮鸣般有力。而我，谦卑地写下这些如木头般的十四行诗，赋予它们至纯至朴的声音，让它们传进你的耳朵。在树林和沙滩穿行，路过偏僻的湖泊和布满灰烬的土地时，我们捡拾历经风吹雨打的天然木材。我拿上斧头、砍刀和折叠小刀，用这些柔软的废料堆砌出爱的木料堆；再用十四块木板搭建起一座又一座小屋，让你那双令我思慕的双眸在里面安家。这样，我的爱就有了缘由，我将这一百首诗交付于你：木质的十四行诗，它们之所以存在，是因为你赋予了它们生命。

1959年10月

附情诗一首：
玛蒂尔德，是植物、岩石或者葡萄酒的名字，
是生于大地、长久存续的事物的名字，
它的成长恰逢日出，
它的夏季沐浴柠檬色的光芒。

木船在这个名字里航行，
四周被海蓝色的火焰包围，

它的字母是河中的流水,
汇入我焦灼的心房。

哦,在藤蔓底下发现的名字啊,
就像通往未知隧道的大门,
通向世界的芬芳!

哦,用你炽热的双唇占据我,
若你愿意,用你属于夜的双眸审视我,
但要允许我在你的名字里航行和入眠。

(冯珣 译)

你仍如我的生命一样珍贵

/ 爱伦·坡

> 这是爱伦·坡写给美国女诗人海伦·惠特曼的信。海伦曾是爱伦·坡少年时代的情人,但嫁给了他人。后来她丈夫去世,孀居二十年后,她与昔日情人爱伦·坡旧情复燃。不幸的是,两人订婚后不久,爱伦·坡因病逝世。

挚爱海伦:

我将你的信一次又一次地压在我的双唇,让它在喜悦的泪水中浸润,或者说,在无尽的绝望中沉沦。可我前两日才在你面前吹嘘过"话语的力量",而今,我的话能派上什么用场?我若信奉神明、相信祈祷有用,我一定屈膝、虔诚跪地,在我此生最严肃的时刻,跪求上帝启示我:怎么说才能向你吐露我心迹、袒露我真心。

所有的念头、所有的激情已融汇成一股强烈的欲望，唯盼你明白，唯愿你理解：人类的语言无法承载我对你炽热的爱——因我深知你极富诗性。噢，海伦，海伦！若你垂下纯洁、神圣的双眼，望一望我灵魂深处，我坚信你不会拒绝与我交心。唉！你仍毅然决然、不发一语，你若知我情深几许，就一定会对我心动。这世间冰冷枯燥，有人相爱，岂非绝妙？噢，那无比重要的三个字，我多想把它们的真正奥义刻进你心底！可是，唉！百般努力亦徒劳，"我的心无人倾听，无论生死"。

当初，我对你说出心中所想，说自己第一次动情，我并未指望你信以为真，更不奢望获你体谅；如今，我同样无意说服你。可是，漫漫夏夜、昏天黑地，我多想贴近你，把你深埋心里，轻声告诉你，那过往的韶华中，有多少不为人知的秘密。你一定会明白，我诚心诚意，绝对不瞒你。我会向你证明，除了你，其他任何力量都无法触动我，让我如现在这般含情脉脉。这份情妙不可言，其光芒环绕在侧，照亮我本性，点燃我全部，我沉浸其中，万分激动，我的灵魂备感光荣、受宠若惊、肃然起敬。你我路过公墓时，我曾泪眼婆娑地对你说："海伦，此刻是我第一次心动，也是唯一的动情。"当时我这样说，而今我旧事重提，不是指望你相信我，而是因为我不禁感慨：我们为彼此付出的感情何其不对等；我，生平第一次付出我的全部，我心永恒。你的诗句一直萦绕在我耳侧：

> 噢，爱人，我思念你
> 这种日子如此美妙、出人意料
> 只是，记忆中的一丝阴云
> 在希望的金色天空中堆砌。
> 我忆起你，和你孤零零的墓冢
> 在绿草如茵的山坡上，遥不可及——
> 我看见野花朵朵，摇曳生姿
> 如晚风习习，环绕着你；
> 唯余散不尽的阴云，冰冷阴郁
> 飘荡在生命的天际，
> 年少的旧梦再度来袭
> 夹带着那一年誓言的甜蜜。

啊，海伦，这字里行间美轮美奂，可这极致的美，于我而言，堪称残忍。为什么……为什么你要把这首诗告诉我？似乎别有意图。

现在，容我用最简洁的言语，描绘你在我心中留下的丽影。当时，你步入房间，白皙的面庞略带怯懦，你迟疑不前，看上去满腹心事。你我目光相遇的那一瞬，我此生第一次体会到：与人邂逅可激动到发抖，心与心相契无需理由，它真实存在。我得知，你是海伦，我的海伦，让我魂牵梦萦的海伦。

在梦里，她一次次吻我的唇，热情洋溢，令我痴迷。上天赐福，她是我命中注定的伴侣、我的专属。若现在不能如愿，唉！至少以后你我可在天国永相守。

你支支吾吾，似乎并不知自己所言何事。我一个字也没听进去，只记得你声音温柔、亲切无比，比我自己的声音更让我熟悉，比天使的吟唱更悠扬……

容我引用一段你信中的文字："或许你试图说服我，你我系天作之合——你说流连于我的容颜；可我的容颜善变，今日或令你沉迷，明日再看，你定会失望不已。此外，再重申一次，虽说我敬重你的才智，欣赏你的天资，在你面前，我自叹弗如，但或许，你尚未发现我虚长你数岁。年龄的事，只怕你尚蒙在鼓里，若你一早知道，就不会对我生出这般情愫。"如此开诚布公，我该作何回应？只能说，我的心备受触动，这份情沉甸甸，催着那甜蜜的泪溢出我的双眼。你说得不对，海伦，年龄这件事，绝非如你所言。若论疾病，年老的一方是我。难道你没体会过内心深处的"灵魂之爱"？那种世人常挂在嘴边却很少付诸实践的爱？是不是这种爱根本不存在？

难道你没有发现，我的本性、我的灵魂正熊熊燃烧，渴望与你的灵魂交融？亲爱的，我想听你真心的回答。海伦，灵魂怎会苍老？永恒怎会计较时间？那份情一旦开始，便永无止息，何患人寿几何？

啊，我的爱纯粹、庄严、真挚，却平白无故遭你曲解，真让我愤愤不平，眼泪都快流出来了。你自贬容貌的那些话，我该如何作答？海伦，难道我未曾得见你的真容？难道我不知你声音婉转动听？难道我未曾屏气凝息、因你迷人的笑而倾倒？难道我不曾执子之手，透过你那双晶莹、圣洁的眼，看到你内心的深处？难道所有的一切都不曾发生,只是我的一场梦?还是说,我发了疯?

你自认弱不禁风、疾病缠身,即便如你所言,你仍如我的生命一样珍贵!我对你情深意切,坚如磐石。向你证明我的真心是莫大的幸福!但我该说什么,如何证明?只要说到你,谁不是赞不绝口?只要见到你,谁不是怦然心动?

强烈的恐惧支配着我,我明知自己必无缘无故遭拒绝,却束手无策……

速速来信……快……噢,快来信!你写几句话就好。

爱伦·坡

(杜星苹 译)

眼前第一个浮现的人就是你

/ 马克·吐温

> 马克·吐温用笔一向老辣讽刺,写给未婚妻的这封信却充满了爱意,从中可看出大作家柔情似水的一面。

爱人莉薇:

你今早过得怎么样?现在正是早上,我估计,时间差不多在九点半,我还在赖床。我刚刚睡醒,眼前第一个浮现的人就是你。不躺到中午,我不打算起床。

我给咱妈——假设她同意我这样称呼她——写了封信,信已寄出。如果信被退回,我就重写一封。我知道,这封信要"自然流露",绝不该写得如此郑重其事。我有时会忘记,这封信其实是写给大众读者,而不是写给自己的妈妈。于是,我不厌其详地说一些无关紧要的事,该强调的事反而一笔带过。可你知道吗?如果我过于看重大众读者,那种被外人问及隐私甚至刨根问底的感觉实在太压抑,我根本写不出任何东西。你写出(即承认)自己最熟悉、最私密的事,却不承想,不相干的人读后,竟毫不留情面地批判你,把你的事当成茶余饭后的谈资,任凭什么人都能对你说三道四。所以,我想,或许是出于本能的冲动,我多少有些遮掩,不敢畅所欲言,但我之前并没意识到自己有这种冲动。在这种处境下,换作其他人,我想也会和我一样敏感。

我已向费尔班克斯夫人定制戒指,做好后寄至我在埃尔迈拉①的地址,这样,大约20日我就能收到。然后,我可以亲手为你戴上戒指,我最爱的小娇妻。

昨天,我给特威切尔写了封简短的信,感谢他的一番美意,促成你我这段佳缘。我对他说,我们会脚踏实地地过日子,生活朴素,待人真挚、心怀虔诚。我一安顿好,就与教堂联系。基于上述的生活愿景,相较于克利夫兰②的蓬勃、昂扬,哈特福德③清静、恬淡的氛围更

---

① 美国纽约州中部的城市。
② 位于美国俄亥俄州。
③ 美国东北部康涅狄格州首府。

合我二人心意。我希望他明白,我们想要一个家——我们厌倦了生活的虚荣与浮华,准备走进真实的生活中;我们不再追求梦幻与泡影,而要抓住生活的本质。至少我是如此——"我"包含"你和我",而"你和我"当然也就是"我"——毕竟,我们不是合二为一、共用"吐温"之名了吗?

昨晚,我读了很多段《圣经》——与其把从来不碰的书成堆成堆地搬进客厅,我们何不多读读《圣经》?这件事,我反复琢磨了很多次。

乌云又爬上晴空——唉,为何不能永远天朗气清?我要再去睡一觉。收下我这枚充满爱意的吻,你也躺下休息吧,我的挚爱。

萨姆[①]

1869年2月15日

俄亥俄州

(杜星苹 译)

---

① 马克·吐温的昵称。

你的指尖轻轻一搅

/ 福楼拜

> 福楼拜虽然一生未婚，但颇有女人缘，其中与其通信最多的便是路易丝·高莱。高莱是女诗人，大福楼拜十岁。两人认识不到一周就陷入热恋。高莱曾向福楼拜求婚两次，均被拒绝。福楼拜的理由是婚姻会降低彼此的热情，葬送爱情。

夜空澄澄，月光皎皎。我听到水手们在唱歌，他们扬帆起锚，准备逐浪而行。今晚无风无云，月光下的河水洁白一片，阴影处的则漆黑一团。蝴蝶绕着蜡烛嬉戏，透过开着的窗户，夜的气息沁到我的身边。你呢，此刻是睡了，还是也在窗前？你是在思念着正在思念你的人吗，还是在做梦？你的梦是什么颜色的？八天前，我们在布洛涅①树林里愉快地散步。那天之后，日子如坠深渊！这些美妙的时光，对别人来说，无疑已然过去，现在和以往以及未来没什么不同，但对我们来说，却是光芒万丈，永远照亮我们的心房。它充满了欢乐和温柔，不是吗，我可怜的知己？我如果足够富有，就一定会买下我们散步时乘坐的那辆车，把它放在我的车库里，再也不使用。是的，我会回来的，很快回来，因为我一直一直思念着你。我渴望见到你的脸，你的双肩，你洁白的脖子，你的微笑，你多情的声音。你的声音温柔而有力量，仿佛爱的呼唤。我记得我曾经告诉过你，我最喜欢的便是你的声音。

今早我在码头等邮递员，等了好久他才来。他迟到了。这个傻瓜，戴着红袖章，不知道迟到多让人心惊肉跳！谢谢你好意的来信，但别太爱我，太爱我会让我心痛！让我来爱你，让我来；难道你不知道，爱得太多会给我俩招来不幸？就像小时候被过度保护的孩子往往早夭。情深不寿，慧极必伤。幸福是可怕的，寻求幸福，必受惩罚。

---

① 法国西北部海港。

前两天，我妈妈的情况很糟糕，她一直处在可怖的幻觉之中。我陪在她身边。你不知道一个人背负如此绝望的重担是什么感觉。如果你认为自己是最不幸的（女）人，记住这句话，还有一个人比你更不幸，不幸在于下一步不是死亡就是发疯。认识你之前，我很冷静；我一向冷静。那时我进入了一个精神矍铄、身体健康的时期。我的青春时代已经过去，持续了两年的神经疾病宣告了我青春的结束，这也是一种合乎逻辑的结果。为了得到现在所拥有的一切，我必须先在脑海里回忆一些悲惨的事情，随后才能恢复如常。我对事情、对自我有非常清晰的认知，这很少见。我按照自己特有的方式生活着，这种方式依托我个人的特殊情况而定。我对自己的一切洞若观火，并把它们分门别类。迄今为止，我比任何时候都要冷静。可是在世人眼里，现在的我很可怜。

然而你的指尖轻轻一搅，打破了我内心的平静。旧时的沉淀又一次沸腾起来，我的心湖开始颤抖。但暴风雨只为海洋而生，池塘被搅动时只会散发出难闻的气味。我爱你，才会告诉你这些。如果可以，请你忘了我，用双手将你的灵魂从我身上撕下，在上面狠狠踩躏，抹去我留下的痕迹。去吧，你别恼羞成怒。

不，我要拥抱你，我要亲吻你。我疯了，如果你在这里，我会将你一口咬住；我想那些嘲笑我冷酷无情的女人，大抵是觉得我不够男人，我确实不耽溺于男女之事。但现在，是的，我感觉到了一种野兽般的欲望，一种想要撕碎猎物的肉食动物的本能。我不知道这是不是爱，也许恰恰相反，是我的心对爱的无能为力。

我分析一切，这可悲的习惯使我筋疲力尽。我怀疑一切，甚至怀疑我的怀疑。你以为我很年轻，其实我内心早已苍老。我经常和老人们谈论这世间的欢乐，他们黯淡的眼睛里时常闪现的光彩，让我备感惊讶，正如他们也毫不遮掩地表示对我的生活方式的不理解，他们总是对我说："在你这个年纪！在你这个年纪！你呀！你呀！"除了精神上的紧张亢奋、头脑中的奇思妙想、刹那间的情感波动，我一无所有。这就是我的内心世界。

我不是为享乐而生的，请不要从字面上理解这句话，而应该抓住其中的抽象意义。我总是告诉自己，我会给你带来厄运；没有我，你的生活不会被打乱，总有一天我们会分开（我有预感，并为此感到愤慨）。于是，厌恶生活的话，常常挂在我的嘴边；对自己，我是前所未有地厌恶，对你则怀有一种慷慨的温柔。

有时候，比如昨天，我写完信的时候，眼前就出现你在唱歌、微笑、跳舞的动人画面，绚烂缤纷，千娇百媚。你说话时嘴巴的动作，我记忆犹新，那样的优雅、俏皮、不可抗拒，挑逗着我的心弦；你的唇粉红湿润，让人忍不住想吻上去，然后沉沦……

一年，两年，十年，又有什么关系呢？时间稍纵即逝，一切都会过去，一切都有期限。

天空之所以无垠，是因为群星闪耀；大海之所以无垠，是因为滴水成海；心灵之所以无垠，是因为泪流成河。只此三事，无限广大；其他一切，皆为渺小。我说得不对吗？平静下来，好好想想。一两件幸福的事便可将心灵填满，于是人类所有的苦难都有了转圜之地，苦难就不再是命运的主人。

你谈及工作，是的，必须工作，必须热爱艺术。在所有的谎言中，艺术是最不会说谎的。你试着用专一的、炽热的和忠诚的情感来爱它。这样做不会错。只有思想才是永恒和必需的。

旧时艺术家们对美的盲目渴望，让生命和精神都沦为追求美的工具。他们借上帝之口，证明自己。而今这样的艺术家再也没有了。对他们而言，世界并不存在，他们的痛苦无人知晓。他们每晚在悲伤中入睡，用惊奇的目光注视着人类的生活，如同我们注视着蚁穴一般。

你以女性的视角评判我，我该抱怨吗？你太爱我，以至于对我有所误解。你认为我有才华，有思想，有风格……我！我！你这样会让我变得虚荣，而我一向以不虚荣为豪。瞧瞧，你失去了真正了解我的机会。因为你对我不做客观全面的评价，继而错误地认为爱你的这位先生是一个伟人。我多么希望我是伟人中的一员啊，好让你为我骄傲！（我也为你骄傲，我常自问："她爱我，这有可能吗？没错，她爱我！"）

是的，我想写出美妙的作品，伟大的作品，让你赞赏得直流眼泪的作品。我想创作一部戏剧，你就坐在包厢里欣赏着这部戏剧的演出，倾听着观众的掌声。但是我也害怕相反的结果，即纵使我的水平在你之上，难道你不会感到厌倦吗？……当我还是个孩子的时候，和其他人一样，我梦想着获得好名声。理智在我身上萌发得较晚，却牢固地生了根。正因如此，公众极有可能不欣赏我的作品，至少十年内不会欣赏，哪怕只是一行文字。

我不知道怎么跟你说到这些事情了，请包容我的这个弱点吧。我无法抗拒被你欣赏的诱惑。难道我没有成功的把握吗？我真幼稚！你想让我们合出一本书，这个提议很温情，我很动容，但我不想发表任何东西。我主意已定，这是我在生命中一个庄严的时刻对自己所做的誓言。我将以一种绝对无私的态度投入创作，不夹杂任何私下的盘算，也不忧将来。我不是夜莺，而是一只叫声尖锐的飞禽，躲在树林深处，只愿叫声被自己听到。如果有一天我出现了，那么一定是全副武装，但恐怕我也很难做到毫无顾忌。我的想象力已经消退，才思也在枯竭，写下的句子自己都读不下去。我之所以保留以往写下的作品，只是因为我喜欢用回忆包裹自己，好像我从未将旧衣服当卖一样。有时我会到阁楼上翻出旧衣服，回想它们还是崭新时候的情景，以及当时我穿着它们时所做的一切。

对了，我们一起穿上蓝色的礼服吧。我会设法在晚上六点左右到达，然后我们共度一个晚上和一个白天。我们沉浸在爱河里，我拥有你，你拥有我，彼此满足，看看我们是否会对彼此生厌。不,永远不会!你的心是永不枯竭的源泉,无穷无尽地滋润着我,淹没着我,使我沉溺其中,无法自拔。哦!你苍白的额头多么美丽,在我的亲吻下微微颤抖!但我当时是多么的镇定!我只顾着看你;我为你的美丽而震惊和着迷。现在,如果我拥有你……来吧,我再看看你的拖鞋。啊!我永远忘不了你的拖鞋!我像爱你一样爱它们。制作这双拖鞋的人不会想到,我触摸它们时,双手竟会颤抖如斯。我轻嗅它们,上面混合着马鞭草和你身上的气味,我心旷神怡,激动不已。

再见,我的心肝;再见,我的爱人。吻你万千。只要菲迪亚斯来信,我就来。今冬,我们无法相见,但我会到巴黎至少住上三周。再见,吻我曾经吻过和将要亲吻的地方,把我的嘴寄放在你那里。

吻你万千。哦!你也要吻我!疯狂地吻我!

1846年8月8日至9日
周六至周日午夜

(李泓淼 译)

饱受相思之苦

/ 劳伦斯·斯特恩

> 英国感伤主义文学的杰出代表、18世纪英国著名的小说家劳伦斯·斯特恩对爱情特别真诚。他的文字浪漫且诗意盎然,读他的情书,一如浸润在春天绵绵的细雨之中,没有忧虑和悲伤,全是满怀的香甜和希望。

没错!我要从世上悄然消失,再多嘴多舌的人也说不出我的位置。谁也道不出我的藏身之处,唯余回声化作低语。你尽可去想象,或许我在一座颇具情调的山坡上,我的小屋充满阳光。你认为我会绝情弃义?绝不!孑然一身时,情义与我为伴,随我同起同坐,如我的L一般和蔼可亲……在魔鬼到来前,我们如祖先一般,无忧无虑地生活在伊甸园,心无邪念,快乐无边。

你我归隐时，浓情蜜意得以发芽、抽枝、结出爱的果实，将疯狂、嫉妒、野心这类果子扼杀在萌芽之初。且让人类的暴风骤雨在远方咆哮，和平界内没有废墟。我的L……我看见报春花在腊月盛放……善良的墙庇护它免受寒风侵蚀。我们不受世俗影响，专心沉醉于花朵的甜香。愿上帝保佑我们！憧憬如斯，直叫人心驰神往！我们将盖房子、种绿植，全凭自己的方式……简单淳朴，脱离艺术的桎梏。我们将学会在大自然中生存……她是我们的炼金术师，将生活中的所有美好混为一体，汇成一股清新的空气。仁慈的主将守护我们的住处，将阴暗的忧虑与猜疑摒除。我们将高唱感恩之歌，欢欣鼓舞，踏上最后一段朝圣路。

再会，我的L……请重回伴侣身边，他饱受相思之苦，渴盼你的陪伴。

（杜星苹 译）

我从来没有看错自己

爱情不是玩物

/ 济慈

> 1818年,济慈住在好友家中时,爱上了邻居、十八岁的少女范妮·布劳恩,两人于次年订婚。但由于济慈的身体和经济状况都不乐观,最终他们未能完婚。不久之后,济慈在罗马病逝,范妮·布劳恩痛不欲生,为其守丧七年,且至死都戴着济慈当初向她求婚的戒指。

我最亲爱的姑娘:

今晨,我手持一本书踱步,如往常一样,除了你,我脑海中别无他物。真希望我能说出更动听的句子。

我日日夜夜、饱受煎熬。他们谈论我即将去意大利的事。若要离开你这么久,我必然再无可能痊愈。我虽全心全意待你,却无法说服自己对你抱一丝信心。以往与你长别离的经历让我痛苦不堪，这些事我鲜少提及。

你母亲来访时，我定会一如既往、迫不及待地问她：你是否去过迪尔克①家？为了安抚我，她或会矢口否认。我当真痛不欲生，似乎只剩下死路一条。我无法忘怀过去。对于世人而言，过去不值一提；可对于我，怎么却是致命一击？我会尽量忘却这些事。

过去，你惯于和布朗②打情骂俏，若能体会我半分痛苦，你早就该断了这种事。布朗算是个好人，但他不知道，他所行之事正一点一滴夺走我的性命。过往的每时每刻都在这一刻折磨着我的心。正因如此，虽说他为我行了诸多便利，虽说我知道他对我情深义重，虽说若无他的援助，我现在将身无分文，但我仍要与他老死不相往来，前提是，我们都能活到那个岁数。

我恨我的心被当成足球踢。你会说这荒诞无稽。你曾对我说，宁愿再等几年。但你纵情消遣，你的心已飘远。你体会不到我的忧郁，你怎可如此待我？你令我

---

① 济慈的朋友和支持者，与下文提到的布朗是老相识。
② 前文简介中提及"济慈住在好友家中"，此好友即为布朗。

望眼欲穿；没有你，房间里尽是污浊的空气，令我难以呼吸。我不同于你，全然不同。你等得起，你有千万件事可做，没有我，你依然快乐。只要有场聚会，只要有点儿事做，你就能打发这一日，你就够了。这个月你如何度过，和谁一起欢声笑语？所有这一切都可能会伤害我。你不知我作何感受，你不知爱为何物。或许有一天你会明白，但这一刻尚未到来。请你扪心自问，济慈为你招致多少寂寥、无趣的日子。我，自始至终饱受煎熬，正因如此，我才开口直言。我不堪折磨，只好如实相告。

凭耶稣之名，我求你相信：若你这个月做过哪怕一件伤害我的事，都不要给我写信。或许你已回头。如果没有回头，如果你一如既往，如我之前见过的那样，在各个舞厅间辗转，交际活动频繁，我对人间便再无半分留恋。若你所做如我所说，我希望今夜便是我生命的终结。我的生活不能没有你，不仅是你，还有你的忠贞、你的专一。朝阳夕落，日复一日，你见异思迁，随心所欲。一日之间，你为我带来多少痛苦，你毫无概念。

严肃点！爱情不是玩物。

再次重申：若无贞洁之心，切莫来信。

没有你，我宁可早日死去……

矢志不渝的约翰·济慈

1820年7月（？）5日[①]

周三清晨

（杜星苇 译）

[①] 书中有几处落款时间打问号，应该都是写信者不确定当天的具体时间。

我想在远方与你相随

/乔治·桑

> 1833年,乔治·桑与法国作家缪塞结识,对其颇有好感。原本两人可以成就一段佳话,可惜缪塞太消极悲观,很快便让乐观开朗的乔治·桑失去了兴趣。不久,两人彻底结束恋爱关系。

阿尔弗雷德·德·缪塞先生:

我想在远方与你相随,我的孩子。我刚回到威尼斯,原打算和帕杰洛一起去维琴察①,想去看看你如何度过这悲伤的第一天。但我觉得自己没有勇气和你在同一个城市过夜,尤其是早上,我无法控制不去吻你的冲动。我非常渴望见到你,但又害怕离别时会给你带来痛

---

① 意大利北部城市。

苦和不安。

而且，回家的路上，我病得很重，也担心自己没有力气去见你。雷比佐先生来接我，强行带我去他家休息。他们对我很好，兴趣盎然地和我谈论你，这对我很有帮助。

我现在在特雷维兹写信给你。今早六点，我就离开了威尼斯，晚上就能赶到维琴察，去你下榻的旅馆。那里应该有安东尼奥留下的信，我曾叮嘱他给我你的消息。我不得不在这里停留一两个小时，因为帕杰洛要顺路拜访一位友人，他请求我走这条路，说这条路并不比另一条路花费的时间更长。直到今晚，我才会获得片刻安静，一切都将安静下来！旅程漫漫，你又虚弱！天哪，天哪！我从早到晚向上帝祈祷，希望他能听到我的请求。明天我会回威尼斯找你的信，我应该会和你的信同时到达。别担心我。我像马一样强壮，但也不要叫我保持快乐和安静。我无法在短时间内做到。

可怜的天使，你将如何度过今晚？希望疲劳能让你快速入睡。你要保持理智、谨慎、善良，就像你允诺我的那样。无论到哪座城市，你要记得给我写信。你如果嫌写信麻烦，至少让安东尼奥给我写信。根据你走的或你在米兰告知我的路线，我不是在日内瓦就是在都灵给你写信。

  再见，再见，亲爱的。愿上帝保护你，引导你，总有一天，你将回到我这里。不管怎样，我们假期一定能见面。那时我们会有多幸福呢？我们如此相爱，不是吗，不是吗，我的小弟弟，我的孩子？啊！谁来照顾你，我又来照顾谁？从今以后，谁需要我的照顾，我又想去照顾谁？我如何能忘却你对我的好和坏呢？愿你忘记我给你带来的痛苦，只记得美好的日子！这样才让我感到安慰，减轻我的创伤。再见，我的小鸟。请一直爱着你可怜的老乔治。

  我不替帕杰洛向你转达问候了，否则他会像我一样为你哀叹不已。当我告诉他，你让我为他做的事时，他就像对待他的盲妻一般，生气地抽泣着跑开了。

3月30日，周日
特雷维兹

（李泓森 译）

我从来没有看错自己

/ 乔治·桑

乔治·桑生性浪漫,一生情人众多,与之关系最密切的便是法国作家缪塞和波兰音乐家肖邦。上封信是她写给缪塞的,这封著名的长信则是写给她和肖邦共同的好友阿尔贝·格日马瓦的,讲述了她跟肖邦的情感纠葛,里面提及的另一女子是肖邦曾经的求婚对象。

阿尔贝·格日马瓦:

亲爱的朋友,我从来没有怀疑过您给出忠告的诚意;永远不要多虑我会怀疑您的肺腑之言。无须详细阅读,也无须过多检查,我相信您的福音,因为能吸引您这样的信徒,它就一定是所有福音中最崇高的一个。我常常庆幸能聆听您的建议,我很平静,请您放心。让我们一劳永逸地解决这个问题,因为您对这个问题的最终回答将决定我今后的一切行动。

既然事情最终发展到了这个地步,我很懊恼在巴黎时我抑制住了心中的不快,没有当面向您问个明白。我只是隐隐觉得,从您口中听到的情况,会给我和他之间诗一般的关系蒙上一层阴影。事实上,这段关系已经变得疏离,或者更确切地说,已经失去了光彩。但这无关紧要,我信仰您的福音,它告诉我考虑问题时要把自身放在最后的位置,当需要竭尽全力成全我们所爱之人的幸福时,我一定要奋不顾身。

请您仔细听我说,给我一个清楚明白、斩钉截铁、直截了当的回复。我并不是想问他是否爱她,是否被她所爱,他对她的爱和对我的爱孰多孰少。从自身的经历出发,我能大致推测出这些问题的答案。我只想问他想要的那个人,或者说他认为他应该爱的那个人是否能给他带来幸福,还是只会徒增他的痛苦和悲伤?我这样问,只是想知道我们两人之间他应该忘记或放弃哪一个。因为在我看来,他的身体太过单薄虚弱,无法承受巨大的痛苦。为了他能好好休息,收获幸福、平静的生活，他需要在我们二人之中做出抉择。我不想扮演坏天使的角色，我不是迈尔贝尔的贝尔特拉姆。如果他儿时的女友是一位美丽纯洁的爱丽丝，我丝毫不想与她相争；如果我知道我们这个孩子[①]在生命中曾和别人有过一种联系，在他的灵魂中存在一段感情纠葛，我决不会俯身接受他敬献给其他神明的香火。同样，如果他知道我当时已经结婚，可能也会在我们初次接吻时退却。

我们二人都没有犯错，只是任凭呼啸而过的风片刻之间将我们带到了另一个天地。然而，在天堂般的拥抱和穿越苍穹的旅程之后，我们终将回到尘世。我们这对可怜的鸟儿，虽然生有翅膀，巢穴却建在地上。当天使的歌声召唤我们飞向天空时，各自家人的呼唤又将我们拽回地面。就我而言，我不想让自己沉溺于激情之中，尽管在我的内心深处，仍有一团火焰蠢蠢欲动。我的孩子们会给我力量，让我打破任何可能让我远离他们的桎梏，确保他们享有良好的教育，过上健康、幸福的生活。

[①] 指肖邦。文中除下段中的"孩子"外，其他所有"孩子"均是指肖邦。

由于莫里斯生病等原因……我不能在巴黎定居。此外，还有这样一个优秀的人，无论在心灵还是品格方面，他都尽善尽美。他没有任何过错，我永远不会离开他。他是唯一和我在一起将近一年时间，却一次、一分钟都没有伤害过我的人，也是唯一把自己完全、绝对地奉献给我的人。他对过去不加抱怨，对未来毫无保留。他性情善良，头脑睿智。随着时间的推移，我能使他了解一切，理解一切。他就像一团柔软延展的蜡，我把印章盖在上面，当我想改变印章的印记时，只要稍加小心和耐心，就能将印章移开。但如今我做不到了，他的幸福对我来说，神圣不可侵犯。

　　至于我，长年以来一直被俗事烦扰，如身受枷锁束缚，我只期望我们这个小家伙①能够挣脱束缚他的锁链。如果他将自己的命运交在我手中，我会惊恐异常，因为我的手中已经握住另一个人的命运，我不能舍弃另一个人的而接收他的。我知道，我们的爱只有在特定条件下才能延续，也就是说，每隔一段时间，当一阵和煦

---

① 文中的"小家伙"均指肖邦。

之风将我们引向对方时,我们将再次在星空中开启一段旅程,旅程结束就离开对方,回到地面,继续各自的生活。因为我们是大地的孩子,上帝不允许我们在地面并肩走完朝圣之路。我们只能在天上相会,在那里我们度过的时光美丽而短暂,抵得上在地上度过的一生。

因此,我的职责十分明确。在不违背它的情况下,我可以用两种不同的方式完成这一职责:一种是尽可能远离肖(邦),不要试图占据他的一点思绪,决不单独与他相处;另一种是在不损害马(勒菲伊)先生安宁的情况下,尽可能接近他,让他在幸福和快乐的时候能够温柔地想起我,当天堂的风偶尔将我们带到空中漫步时,我能怀着纯洁的感情将他抱在怀里。如果他身边的这个人能带给他纯洁和真实的幸福,用关心包围他,将他的生活安排得井井有条,平静顺遂;如果他最终能够通过这种方式得到幸福,而我变成了他通向幸福的阻碍,那我将选择第一种方式;如果他的心过于偏执,也许是疯狂,也许是明智地拒绝以两种不同的方式去爱两个不同的女人;如果我偶尔与他共度的一周时间会搅乱他在这一年余下时间里内心的安乐,那么,是的,我向您发誓，我会努力让自己被他遗忘。

如果您同我讲述的情况符合以下两种情形之一，我就接受第二种情形，并不惜一切代价使他远离这种家庭关系，甚至帮助他摆脱宗教约束，彻底结束这种关系：一者他家庭幸福，可以且需要容纳几个小时纯洁的激情和甜美的诗意；二者他家庭不幸福，他的婚姻或其他亲密关系已经成为这位艺术家灵魂的坟墓。我的猜想大致如此，如果我猜错了，请您告诉我。我相信这位女性一定十分迷人，值得最好的爱和尊重，因为像他这样的人只会倾心爱慕纯洁美丽的人。

看来您是担心他的婚姻、人情往来、现实生活、俗事家务等，这些都与他的本性相去甚远，与他的灵感缪斯背道而驰。我也会为他担心，但在这方面，我不能说任何话，也不能给出任何建议。他有许多方面是我完全不了解的，我只看到了他被太阳照亮的一面。所以请您为我指点迷津。重要的是，我必须确定他的态度，以便确定我的态度。我希望我们之间这场诗一般的相遇这样发展：我们对彼此的现实生活一无所知，他可以尽情追随自己的那套宗教、世俗、诗歌和艺术思想，我不横加干涉，他对我亦然；但无论我们在生命中的任何地方、任何时刻相遇，我们的精神都将达到幸福和卓越的境界。我坚信，当用一种崇高的爱去爱别人时，我们自身也会得到升华，这样去爱人非但不是一种罪，而是一种能让我们更加接近这种爱的源泉和发祥地的方式，那就是依靠上帝。

我的朋友，也许您最终应该让他明白这个道理，在不违背他的义务理念、忠诚和宗教献身观念的前提下，让他的心灵得到解脱。在这个世界上最让我恐惧、最让我痛苦，甚至最让我甘愿赴死的事，莫过于看到自己在他的灵魂中成为一种恐惧和悔恨的存在。不，我不能和他脑海中另一个女人的形象和记忆一争高下（除非这个女人本身令他痛苦万分）。我对爱的占有欲极强，或者更确切地说，这是我唯一在意的占有。

除了从狱卒手里将俘虏解放，从刽子手刀下将受刑者救走，从俄国手中将波兰夺回，我不想从任何人那里偷走任何人。所以，请告诉我这位女士的形象是否如俄国一般，是否还在纠缠、折磨我们的这个孩子；如果是的话，我会请求上天赐予我阿尔米德的诱惑力，以阻止他跳入与这位女士的关系之中；但如果她的形象是波兰，那就顺其自然吧。没有什么能和祖国相提并论，当一个人心中已经认定了一个祖国，就不应该去创造另一个祖国。用祖国做比喻的话，对于他来说，我是意大利，人们可以去那里观光，度过春日的美好时光，但不能在那里久留，因为那里虽然阳光充沛，却没有生活必需的卧榻和餐桌，舒适的生活存在于这个国界之外。可怜的意大利！每个人都思念着她，向往着她，为她遗憾追悔；但没有人能留在那里，因为她不快乐，不能给予他她没有得到过的幸福。

还有最后一种假设，我应该告诉您。也许他不再爱他儿时的女友，并不情愿与其缔结婚姻的纽带，但出于责任感和家庭的荣誉感，他不得不强迫自己做出这样的牺牲。这只是我的猜测而已。如果是这样的话，我的朋友，请您好好守护在他身边。这种情况我不能干涉，但您责无旁贷。您要将他从良心的严酷束缚中解救出来，把他从自己的高尚道德中释放出来，不惜一切代价阻止他做出这种自我牺牲。

在这类事情上，无论是婚姻还是其他某种不为人知的形式的结合，都需要承担同样的义务，并且同样持久，所以要我说，一个人如果为了他过去的所得而奉献出自己的未来，这种牺牲大可不必。过去已成追忆，追忆有限；未来因其未知性，反而会有无限可能性。那个女子以自己有限的牺牲，索要他人未来的一生，这是一件极不公平的事情。当一个被要求奉献自己一生的人左右为难，无法在无损于荣誉和正义的同时维护自身的权利，朋友就应该站出来救他于水火，坚定不移地捍卫他的权利和义务。所以请您坚定地站出来支持他。

我讨厌引诱妇女的浪子，我总是站在受侮辱或受欺骗的女人一边，因此我被看作女性利益的捍卫者，受了许多责难。我曾以姐妹、母亲和朋友的身份多次斩断这样的情缘。每当一个女人想以牺牲男人的幸福，获得自身的幸福时，我总会指责女方；当女方对男方提出的要求，超过了一个人自由和尊严所能给予的范围时，我总是为男方开脱罪责。当一个人口不应心，那么他口中宣扬的爱和忠诚的誓言就是一种犯罪或卑鄙之语。女人可以要求男人做任何事，就是不能要求他行犯罪或卑鄙之事。只要不是这种情况，我的朋友，也就是说只要不是在他想做出太大牺牲的情况下，我认为我们不应该反驳他的想法，也不应该违背他的直觉。

如果他的心能像我的心一样包容两种不同的爱，一种是生命的肉体，另一种是生命的灵魂，那将是最好的解决办法，那样我们之间的处境将与我们的感情和思想保持一致。正如我们不是每天都很高尚一样，我们也做不到每天都快乐。我们不会天天相见，也不会一直都燃起神圣之火，但燃起神圣之火的美好日子终将会有。

您或许该告诉他我与马（勒菲伊）先生的关系。我担心如果不告诉他这段关系，他会感觉他要对我负有某种责任，这必使他感到不安，并与他的那一位发生痛苦的冲突。这件事全权托付给您，您来决定告知他的时机。您若认为时机合适，便告诉他；您若认为告诉他会给他增加新的痛苦，就晚些再说。也许您已经对他和盘托出了。您已做或将做的一切，我都赞同和认可。

至于我们是否占有彼此，在我看来，与我们目前所面对的问题相比，这是一个次要的问题。但这个问题本身也是一件极为重要的事情，它是一个女人的全部生命，是她最珍视的秘密、最深邃的智慧、最神秘的魅力。我视您为兄弟和朋友，直言不讳地向您吐露内心最隐秘的想法。对于这件隐私，所有人一提到我的名字都要加上一些奇怪的评论。无非因为我不隐瞒任何秘密，不按任何理论和教义行事，不持固定的意见，不抱有任何偏见，不奢求权力，不在精神上装腔作势，身上既没有先天也没有后天的积习。而且，我相信，无论是过分的亲昵还是极致的克制，都不是什么不切实际的原则。

我一直依自己高尚的本能行事，并以此为荣；有时我会看错人，但从来没有看错自己。我犯过许多愚蠢的错误，常常因此自责，但从未有过庸俗和恶毒之举。关于人类道德、廉耻和社会品行，我有所耳闻。对这一切，我尚未参透。所以我从来没有下定任何结论。不过这并不是说，在这件事上我轻视它；我向您坦白，我一直想用某种理论指导自己的感情生活，这构成了我一生中最大的痛苦。感情永远比理智强烈，我努力给自己划出的界限从来都是形同虚设。我内心打定的主意反反复复，更改不休。最重要的是，不管怎样我都信仰忠诚。我曾宣扬忠诚，恪守忠诚，也要求对方忠贞不渝。对方如果见异思迁，我也不再忠贞不贰。但我从未觉得良心有愧，我总以为冥冥之中自有天意。追逐完美的本能，迫使我离开不完美的东西，追求自认为更完美的东西。

我体验过形形色色的爱：艺术家的爱，女人的爱，姐妹的爱，母亲的爱，修女的爱，诗人的爱，谁知道还有什么别的种类的爱？有些爱，即时出现，即时消亡，根本来不及向生发这份爱的对象表露心迹；有些爱，令我痛苦难当，把我逼到绝境，近乎疯狂；还有些爱，多年来让我与世隔绝，好似被禁锢在极端的禁欲主义之中。所有这些爱，全都发自真心。就像圣伯夫所言，"如同太阳进入了黄道十二宫①一般"，我进入了不同的人生阶段。

在那些仅从表面判断我的人眼中，我未免显得疯狂或虚伪。而真正窥探到我内心深处的人方能看到真正的我，他们会看到我对美好事物的热情，对真实人生的渴望；会看到我格外敏感，极度缺乏判断力，经常做些荒唐事；会看到我的真诚、大度、不记仇，但也会发脾

---

① 古巴比伦人为表示太阳在黄道上的位置，将黄道带均分为十二段，每段均称"宫"，"十二宫"是十二段的合称。

气。感谢上苍，我从不对糟心事和恶心人耿耿于怀。

这就是我的生活，亲爱的朋友，您能看出我这一生并非精彩绝伦。我这一生没有什么值得称道，倒有不少值得抱怨，但我一生行事坦荡，问心无愧。我敢断言，那些指责我行为不端的人定是在歪曲，只要我愿意费心去回忆和澄清，很容易自证清白；但我不想把时间浪费在这种无聊的事情上，而且我对过往的怨恨和愁苦从来不记于心。

到目前为止，我一直忠于我的心之所爱，绝对忠诚，从未欺骗过任何人，也没有欺骗的必要，也从未因别人的过错而扼杀我的心之所爱。我不是一个变化无常的人。恰恰相反，我习惯于只爱那个真心爱我的人，以至于很难对他人产生爱火。和男人生活在一起时，我常常忘记自己是一个女人，乃至这个小家伙给我带来的影响，让我感到有点困惑和沮丧。我尚未从惊讶中缓过神来，向来以平静和镇定自持，如今却谦卑地陷入内心的不安。我如果是一个自尊心很强的人，就一定会备感羞愧。我如果能够预见、推断和对抗这次入侵，便会发现它是糟糕的；奈何我一下子被这份感情攫住了，坠入情网，不能用理性支配自身，这是本性使然。所以我并不自责。我发现自己比想象中更易动情，也更为软弱。我从来没有也不在乎虚荣心；此事更加证明，我无意拥有任何东西，不会凭借勇气和力量自吹自擂。这是我长期践行并引以为傲的高尚品质，现在它却让我感到悲伤，因为我不得不妥协。

我将被迫像其他人一样撒谎。我保证，这比一部糟糕的小说或一部满场嘘声的戏剧更让我的自尊心受辱。我有点痛苦，这种痛苦也许是我残存的骄傲，也许是一个来自上天的声音向我呼喊，告诫我要更加小心自己的眼睛和耳朵，尤其要守护好我的心。但是，如果上天希望我们忠于尘世的感情，为什么有时会让天使落入凡尘，出现在我们的人生道路上呢？

我的身上又一次出现了爱情的严峻问题！两个月前，我曾说过，没有忠诚，遑论爱情。唉，不可否认的是，当我再次面对可怜的马（勒菲伊）时，却再也感觉不到之前的温情。可以肯定，自从他回到巴黎（您一定见过他），我没有急切地等待他的归来，也没因他的远离而黯然神伤，我没感受到痛苦，反而觉得更轻松。如果我确定,是我和肖(邦)的频繁会面加剧了这种冷淡,我想是时候避免与他会面了。

说到这里,我正想跟您谈一谈关于占有的问题。在某些人看来,这是关乎忠诚的问题。我认为,这种想法并不可取,一个人可能或多或少有点儿不忠,当一个人的灵魂被一份感情侵占,怀着爱情的感觉给予最纯真的爱抚时,不忠就已经发生了,剩下的便无关紧要。失去了一个人的心就标志着失去了他的整个人。与之相比,失去了一个人的身体,但保留他的整个灵魂,这样倒还好些。因此,原则上,我认为完全建立新的关系并不会使错误变得更糟。事实上,在占有对方之后,两人之间的恋情确实可能会变得更富于人性,更强烈,也更加不可抗拒。这极有可能发生,甚至一定会发生。这就是为什么当两个人想要生活在一起时,决不能违背这一天性和事实,不能在两人身心完全结合前退缩。

当我们迫于局势不得不分离时,责任和真正的美德,会要求我们做出自我牺牲。对于这一点,我还没有认真考虑过,如果他在巴黎提出这类要求,我一定会顺从他,因为天生的直率使我憎恨任何形式的谨小慎微、条框约束、斤斤计较和虚与委蛇。您的来信彻底坚定了我想要了结这段情感纠葛的决心，尤其是当我发现马（勒菲伊）的爱抚给我带来了烦恼和悲伤，而我需要费力掩饰自己的情绪时。种种迹象都是一种警告。所以，亲爱的朋友，我会听从您的建议。愿这一牺牲能在某种意义上抵消我违背誓言的罪行。

我将其称为"牺牲"，因为看到我们的天使受苦，我备感痛苦。到目前为止，他一直在尽力自持，但我不是孩子，我清楚地看到人性的情欲在他身上迅速滋长。该是分手的时候了。正是这个缘故，在我离开的前一天晚上，我不想和他待在一起，甚至差点向您下达逐客令。

既然我把一切都向您袒露无遗，不妨再告诉您一件事，他身上只有一件事使我不悦，那就是他对自身情欲的控制源于错误的动机。在那之前，我一直认为他的自制是出于对我的尊重，出于羞怯，甚至出于对另一位女性的忠贞，这令我十分敬佩和尊重。这说明他富于牺牲精神，充分证明了他的自制力和忠贞。这也是他身上最吸引和打动我的地方。但是，在您家里我们即将道别的时候，他为了克服最后一次诱惑，对我说了两三句大大出乎我意料的话。他摆出一副虔诚的架势，表示人性中的情欲是一种粗鲁行径，他本人嗤之以鼻，对自己的欲念羞愧万分，害怕过度的激情会玷污我们的爱情。这种态度，令我反感。

如果性不像爱情本身那样的神圣、纯洁和虔诚，那么克制它，何谈美德呢？人们惯用"肉体之爱"这个词来表达只有在天上才有名字的东西，让我感到厌恶和震惊，这一称呼既是对爱的亵渎，又是对性的误解。对高尚的人而言，难道只配拥有纯粹的肉体之爱？对忠诚的人而言，难道只配有纯粹的精神之爱？或者说存在没接过一次吻的恋爱和不带任何情欲的吻吗？藐视肉体，只有对那些只拥有肉体的人才是明智和有益的。但是，当我们对于自己所爱的人克制情欲时，正确的用词不是"藐视"而是"尊重"。请不要误会，他当时没有使用"藐视"一词。我有些记不清了。他好像说，有些行为可能会破坏美好的回忆。您听听，这是不是蠢话，他一定说了违心之言吧？那么，是哪个不幸的女人让他对肉体之欢留下了这样的印象呢？难道他曾有过一个配不上他的情妇？可怜的天使！性爱是造物中最可敬、最圣洁的东西，其中蕴含着神圣的奥秘；是包罗万象的生活中最严肃、最崇高的生活行为，所有在男人眼中亵渎这一行为的女人都应该被绞死。

磁铁和铁相吸，异性动物之间相互结合，连植物都要遵循爱的法则。动物、植物和金属只能从接触的实体上感受爱，只有人类被神赋予了能够从精神和肉体上同时感受爱、理解爱的神圣能力，并为之吸引。可恰恰也只有人类才会把这种同时存在的奇迹看作一种低级的需求，每每提及情欲，人们的语气满是轻蔑、讽刺或羞愧！这真的很奇怪。正是这种将灵与肉分离的论调，才导致了修道院和妓院的出现。

这是一封吓人的长信。您可能要花六周才能将它全部破译。这是我的最后决定。他如果和她在一起能够或者可能获得幸福，就让他按自己的心意去做吧。他如果不幸福，请您一定阻止他。如果他能在不离开她的情况下，在我的身边找到幸福，我也能够同样行事。如果我的存在会导致他和身边的她不快乐，那我们就避免同对方接触，他必须忘记我。这四种情形涵盖了一切可能。

请您放心，无论面对哪一种情形，我都会坚强，因为对方是他，虽然我不敢自夸是什么贤德之人，但为了所爱的人，我可以奉献一切。请您清楚明白地告诉我真相，我指望和期待您的答案。

您没有必要在给我的信中有所掩饰。我和马（勒菲伊）都不会窥探对方的隐私。我们相互过于尊重，甚至从来没想过过问各自生活上的细节。多瓦尔夫人不会有您料想的觉悟。她更像正统派①（如果说她有什么信念的话），而不是共和派。她丈夫是卡洛斯派②。您去她家拜访时，她一定正在排练或工作。女演员总是很难找到。您不用再去找她，我会给她写信，让她给您写信。有传言说我要去巴黎，并不排除这种可能；如果马（勒菲伊）替我处理的事情有所拖延的话，我可能会去巴黎找他。您先别告诉那个小家伙。如果我真的去巴黎，我会提前告诉您，我们给他一个惊喜。

---

① 19世纪的犹太教分三个支派，正统派是其一。
② 西班牙的一个政治派别，支持国王费尔南多七世之弟、西班牙王位觊觎者卡洛斯·马里亚·伊西德罗（自称"卡洛斯五世"）及其后裔争夺王位。

由于您需要一定的时间获得外出行动的准许，无论如何，现在就开始申请吧，我希望您今年夏天能尽早来诺昂，并且尽可能多待些时日。您会喜欢这里的，这里没有任何让您担忧的事情。没有间谍，没有流言蜚语，也没有外省的乡土气，这里是沙漠中的一片绿洲。

整片地区，没有人知道肖邦或格日马瓦是谁，也没人知道我身上发生了什么事。我只和一些像您这样天使般的亲密朋友来往见面，他们对于自己所爱的人从不恶意揣测。您快来吧，我亲爱的好朋友，我们可以惬意地畅谈，您疲惫消沉的灵魂会在这乡间的净土里重生。至于那个小家伙，如果他愿意的话，让他也来吧。但是，如果他来的话，我得事先知道，好先把马（勒菲伊）支到巴黎或日内瓦去。借口总能找到的，这样一来他也不会有所怀疑。如果小家伙不想来，就让他按自己的想法去做吧。他害怕世人的看法，害怕一些我不能理解的东西。但我尊重我所珍爱的人，尊重他身上我不理解的一切。我将在9月出远门，前去巴黎。我会根据您的答复，选择与他相处的方式。如果您对我提出的问题也不好作答，那就试着从他那里得到答案吧，深入他的灵魂，我必须知道他心里真实的想法。

现在您完全了解我了。十年里我还从没写过第二封这么长的信。我太懒了,又不爱谈论自己。写过这封信后,我可以不必再多费口舌了。现在您已经对我了如指掌了。

亲爱的朋友,我全心全意与您相待,我在这长篇大论的谈话中没有过多提到跟您相关的东西,那是因为在我看来,您和我自身已经没有分别,我是在和这世上的另一个我谈话。当然,您这位第二个我自然要比我本人更好,更宝贵。

乔治·桑

1838年6月

诺昂

(李泓森 译)

以理性的态度

/ 莫泊桑

俄国姑娘玛丽·巴什克采夫痴迷于给世界名人写信，当时已经在文学界崭露头角的莫泊桑也收到了玛丽的来信，二人开始书信往来。起初他们随意洒脱，开一些善意的玩笑，后来莫泊桑动了真情，想要与之建立恋爱关系时，玛丽却因肺病去世，通信也就无疾而终了。

（一）

小姐：

可以肯定的是，我的去信与您的预期并不相符。首先，我要感谢您对我的欣赏和亲切的溢美之词。现在，我以理性的态度，与您谈谈。

您要求做我的红颜知己？以什么身份？我根本不认

识您。我为什么要对您这样一个陌生人，一个思想、趣味等其他一切可能都与我不相投的人，倾诉一些我公开或私下里对我的女性朋友说的话呢？与这种人交朋友，难道不是一种鲁莽且善变的行为吗？

这种秘密的书信往来，能给双方关系增添什么魅力呢？

男女之间感情（我指的是纯洁的情感关系）的动人之处，不正是来自看到对方时的快乐、交谈时两两相望的愉悦，以及给朋友写信时，脑海中不由自主地将她的面庞投射在自己双眼和纸张之间的甜蜜吗？

我怎么能在没见过对方体态、发色、笑容和眼神的情况下，就鲁莽地向其倾诉一些亲密的话语，以及内心深处的想法呢？

明知您对我丝毫不了解，明知我每日所做的那些并不算有趣的琐事在您眼前不会呈现任何画面，我又何必对您说"我做了这，做了那"呢，这对我有什么好处？

您暗示我最近收到了一封信，是一个向我征求意见的男人寄来的。确有此事。

提到陌生人的来信，过去两年里，我大约收到过五十到六十封陌生人的来信。照您的说法，我该怎样在这么多不认识的女人中，选出与我灵魂契合的红颜知己呢？

只有当她们愿意在现实世界中露面，并与我结识时，我们才可能建立友谊。否则，我为什么要为了一个可能令我愉悦，但不为我所知的朋友，也就是说在我的眼中或脑海中她也有可能惹我厌恶，而忽视我已经认识并确定喜欢的朋友呢？这样做于理不合吧，不是吗？如果我贸然拜倒在您的石榴裙下，您会相信我是真心忠诚于您吗？

原谅我，小姐，这些理性的论证不够诗情画意，却更加实际，请相信我。

以上，向您表示我的感激与忠诚。

居伊·德·莫泊桑

1884年3月

夏纳，里丹路1号

抱歉，信里有很多涂涂改改的痕迹，但我写信就是这个习惯，我也没有时间再誊写一份新的。

（二）

玛丽·巴什克采夫：

亲爱的约瑟夫①，你的来信是这个意思吧？既然我们互不相识，就不要让对方难堪，像两个朋友一样坦诚相待吧。

好吧，我来给你演示一下什么叫"完全随意"。以目前咱俩交往的程度来看，咱们可以直呼其名，可以吗？所以我对你就不用敬语了，如果你不高兴，那就再见吧！去找维克多·雨果吧，他会叫你"亲爱的诗人"。

你知道吗，你把我当作一个老师，看护着天真纯洁的孩子，这是不妥的。你不管礼数吗？无论读书、写作、说话还是做事，都没有章法吗？我料想你是如此。

你以为我乐在其中，愚弄公众？我可怜的约瑟夫，这个世界上恐怕没有比我更烦这种事的人了。在我看来，没什么事情值得我劳心劳力。我的苦闷从未停止，一刻不停，了无希望，因为我什么也不渴望，什么也

---

① 莫泊桑称呼玛丽的昵称。

不期待。我也不会为无法改变的事情哭泣，我才没那么傻。所以，既然我们彼此坦诚相待，我就要提前告诉你，这是我给你写的最后一封信，我受够了写信。我为什么要继续给你写信？我一点儿也不喜欢，写信也不会带给我任何欢愉，就到此为止吧。

我并不想认识你。我敢肯定你很丑，而且我觉得给你写的信够多了。你知道这些信价值几何吗？根据里面的内容，十到二十个苏①不等。这么算来，你手里至少握有两封二十苏的信。你可真走运。

无论如何，我马上要离开巴黎了，我在这里已经待腻了。我要去埃特勒塔换换环境，享受一下独处的时光。

我喜欢独处，至少不用说话。

你问我的具体年龄。我出生于1850年8月5日，还不到三十四岁。你满意了吗？你现在不会又想要我的照片了吧？我警告你，我不会寄给你的。

---

① 古罗马、高卢与法国货币名。1793年采用十进制后取消，但民间仍使用这一名称，称二十个苏为一法郎。

是,我是喜欢漂亮女人,但有时候也对她们很反感!

再见了,老朋友约瑟夫,我们的相识不够完美,时间也短。你还想要什么呢?也许我们最好不曾相识。

伸手给我,让我亲切地握一握吧,算是给彼此留下最后的念想。

居伊·德·莫泊桑
1884年4月17日
杜隆街83号

现在,你可以把关于我的可靠信息提供给那些问你的人了。我不再保持什么神秘感了!——永别了,约瑟夫!

(李泓淼 译)

我想要你开心

/ 加缪

> 玛丽亚·卡萨雷斯是西班牙王室之女,西班牙内战失败后,玛丽亚被父亲送至法国留学。在这期间她出演了加缪创作的戏剧《误会》中的女主角,由此和加缪相识并相爱。但出于各种原因,两人最终并未在一起,只是一直保持着书信往来,直到加缪不幸遭遇车祸去世。

我的小玛丽亚:

我刚收到你周一至周二的来信,来得正是时候。过去两天,我心中布满愁云惨雾,深感孤独,觉得自己有点儿像一条恶犬,让周围的人避之唯恐不及。我假托工作之名,一个人躲在房间里,有时会带着某种愤怒的情绪工作,其余时间就在房中来回踱步,抽着剩下的烟。

不，我过得一点儿也不好。当然，乡下的环境美丽平和，但我的心失去了往日的平静，如果说我曾拥有过这样的平静的话。

我远离了一切，远离了我作为一个男人的职责，远离了我的职业，也远离了我所爱的人。这正是让我心烦意乱的地方。我一直在等待你的到来。但看起来要等到下周了。唉！哦！亲爱的，我知道，对你来说，所有一切更加艰难，我知道你会尽你所能。在我们不久之前共度的艰难日子里，我对你信心十足。我常常怀疑这一点，不确信自己被你爱着，怕是自欺欺人。从那以后，也不知道发生了什么，但一道闪电划过，仿佛有什么东西在你我之间流动，许是一瞥，直到现在我仍能感觉到那种悸动，它像灵魂一样坚固，把你我二人紧紧绑在一起。因此，我满怀着爱和信任等待着你。但我这几个月太辛苦，太紧张了，精神上极度疲劳。平时能够平静处理的事情，如今都让我难以忍受。没关系，一切都会过去。收到你寄来的消息，我十分欢欣。告诉让和马塞尔，我很想他们，向他们转达我殷切的思念。

很高兴你染了金棕色的头发。你要把自己打扮得漂漂亮亮的，笑一笑，不要灰心丧气。我想要你开心。那天晚上，你告诉我你很开心（你记得的，和你的朋友在一起的那晚），当时，你美得无与伦比。我爱你的时刻有很多，但大多数都是这种时刻——你洋溢着幸福的面庞，闪耀着生命的光辉，让我心神荡漾。我不擅长在梦中与人相爱，但至少我能捕捉到生命的活力所在，我想我们初见那天，我就认出了它。当时你穿着戴尔德丽的服装，越过我的头顶，对着莫须有的情人说话。

别太在意我的抱怨。我只是因为还要等你一周，所以心情不佳。这无关紧要，紧要的是……但我总是词不达意。我们等一等吧。

天空阴云密布，正下着雨。我并不讨厌阴雨天，但我时常想起无法割舍的阳光。我们应该一起去趟普罗旺斯，在此之前，可以先去其他我们心之所向的地方。

再见，我美好、充满活力的玛丽亚，形容你美好的形容词，不计其数。我无时无刻不在想着你，全心全意地爱着你。快点来吧，别让我的思念落空。我需要你活生生地出现在我面前，需要碰触你温暖的身体。你看到了吗，我在向你伸出双手；来到我面前，越快越好。

全力拥抱你。

米歇尔[①]

1944年7月6日，周四，16时

（李泓淼 译）

[①] 在公开记录的文献和传记中，并没有提及加缪以"米歇尔"自称，或许"米歇尔"只是他在玛丽亚面前的自称。

因为有黑暗，才有光明

/ 小林多喜二

1924年，小林多喜二与酒馆女招待田口泷子相识、相爱。1925年，小林多喜二将她从酒馆中赎身出来。为了不给小林多喜二增添负担，田口泷子拒绝了他的求婚。下面这封信是小林多喜二在救赎田口泷子之前写的，当时他还正在为钱发愁呢。

田口泷子：

"因为有黑暗，才有光明。"只有从黑暗中走出来的人，才真正懂得光的可贵。世间并不是只充满了幸福，因为有不幸，才有幸福，这一点请铭记。我们如果想过上好日子，就必须经历苦难。

你们现在的生活水深火热，但是千万记住，我们的目标是将来过上好日子。所以我们要忍耐，忍耐是为了未来更美好的生活。

我离开学校才两年,没什么钱。我特别想尽快把你解救出来,可也只能是想想而已,正像前几天晚上我对你说的那样。不过,我对你的爱矢志不渝,请你放心。虽然前路茫茫,但我一定用我的爱把你拯救出来。当你正在历经不幸和磨难时,请一定要想着我对你的爱,坚持住,战胜痛苦和悲哀。

我私下里打听了一下那个叫斋藤的人,据说是个十恶不赦的坏蛋,具体情况等下次见面时再说。总之,他是个吝啬鬼,一个很难缠的家伙。我理解你的处境艰难,虽然必须忍受厌恶的生活,但唯有灵魂不能出卖,因为那天晚上我已答应你,你的灵魂由我保管。你要答应我,一定要坚持住啊。

我和我的朋友都没有富余的钱,这点从我还得向你们借钱就不难看出。只要有了钱,我们就会欢天喜地地去看你,请放心。

告诉我你欠了多少钱,我会尽力而为。遗憾的是我现在没有钱,但你放心,我一定会想方设法帮你还上欠债。

最后，无论怎样荏弱无力，无论怎样世事无常，你都绝对不要悲观失望，要相信我们彼此的爱。你不要拼命喝酒伤身。如果感到痛苦，想借酒浇愁，你就想想我，再坚持一下。我们可一言为定啊。

另外，你要体谅抚子的痛苦心情，多安慰她。你告诉她，我是真心希望她心情好起来。面对痛苦的生活，你们要互相鼓励安慰才行。老奶奶也因为上了年纪，性格变得乖僻起来。这不怪她，你要理解她，善待她，好好体恤她。

再见，等待你的回信。

给我最爱的泷子。

1925年3月2日

小樽

（应中元 译）

我会幸福的

忘记两件东西

/ 小仲马

> 小仲马曾经倾慕歌女玛丽,欲救其于水火。无奈他自己一身负债,自顾不暇,根本解救不了玛丽,只能给玛丽写了这封分手信。后来,他根据玛丽的身世,写出了轰动世界的《茶花女》。

我亲爱的玛丽:

我既不够富有,不能像我希望的那样爱您;也不够贫穷,不能像您希望的那样被爱。所以,让我们两个忘记两件东西——您要忘记一个对您来说几乎无关紧要的名字,而我则需要忘记一份于我而言遥不可及的幸福。

我不必告诉您我有多难过,因为您已经明了我对您的爱有多么深刻。所以,永别了。

您对我用情至深,必定不理解我写这封信的缘由,也完全有理由不原谅我。

珍重万千!

亚历山大·仲马

(李泓淼 译)

我会幸福的

/ 弗朗西斯·伯尼

> 弗朗西斯·伯尼是18世纪末英国著名女性小说家之一,她的作品多以少女为主角,通过少女的经历刻画当时的社会风貌,伍尔夫称她为"英国小说之母"。她个性独立,对婚姻有着自己的看法和理解,也不畏惧做个不婚的老姑娘。

我完了,我将失去你的祝福和你的爱,我注定后悔并感到恐惧,只因我还不想结婚。

原谅我吧,最最敬爱的克里斯普先生,原谅我吧,我确实无法按照世俗的动机行事。一直以来,你都知晓并嘲笑着我的想法与个性。你继续嘲笑我吧,但是不要惹我哭泣。你的上封信的确让我不高兴,你竟相信素未谋面之人的一面之词,实在令我难过。我衷心希望他一切都好。我相信，他是一个值得尊敬的年轻人，只是我一直抱定单身的想法——听人叫我老姑娘，我早已不会恐慌，也不再排斥成为老姑娘的可能性。

至于去霍克斯顿的事——我亲爱的父亲，我怎样做才能让巴洛先生不生疑呢？上帝才知道。据他信中所说，他显然认为我是为他而去——他很心急，但我害怕被"套牢"。我并不讨厌他，参加聚会的人几乎都是他的朋友。总的来说，我认为有必要避开他。无论如何，绝不能让人以为我轻慢男人。但我若去了霍克斯顿，他必定会对我产生一些不屑的看法。

不要以为我说这些，就是发誓一辈子独身了——并不是。不过话说回来，我并不拒绝独身一辈子的可能性。我毕生的决心，即是嫁给一个我最珍视、最为崇敬的男子，他将是我的主。

若是我从善如流、如您所说的多多关注这个年轻人——我确信他不会容许"观察期"的存在，那么他肯定会非常心急，逼得我要么决心跟他在一起，要么彻底远离他。或许，我应该制定一些至少我认为在道义上必须遵守的原则。

若你问我拒绝他的理由——我必须坦白，这些理由不过是我的个人感受。对于他的性格，我挑不出什么毛病，性情和人品都不错。不过，他不善与人交往，不懂世俗规则，语言表达也生硬呆板，甚至有些装腔作势——总而言之，他没能令我倾心。

我不喜欢你，费尔博士
原因是什么，我不知道
但是我不喜欢你，费尔博士！

周六（5月13日），赫蒂一行人去了霍克斯顿。希望他们对外称我身体抱恙。那天是怎么度过的，我不知道。他们为去哪儿跟我争吵，对我而言，去皇后街还是约克街都无所谓。还有昨天用早饭时，约翰来了，告诉我有位绅士有话对我讲。随后，巴洛先生走了进来，问候我的身体状况。你要是在场，一定会笑出声来。我生怕母亲说漏嘴，戳穿我生病的谎言，又怕他想跟我说话，又惊又怕之下，我几乎失了声，以至于他当真认为我得了极重的感冒，虽然实际上我健康得很！与此同时，他尴尬得手足无措，先是连连鞠躬，而后才说出话来。母亲、贝茜与夏洛特都惊奇地瞪大了双眼，不知道面前的这个男人是谁、为何来访。苏姬起初无法保持镇定，但很快她便好心地与巴洛先生交谈起来，双方才松了一口气。

没有回复他的信，我感到很不安——无论他将我的沉默视作傲慢还是应允，我都感到悲伤。不过，我请教父看了他的信，教父建议我不要回应——我不知道原因。如果教父反对我，再伙同他坚定的盟友苏姬，恐怕我无力抵抗。但谢天谢地，教父并未插手，而是全然放手让我选择。脱离他的权威需要足够大的诱因，我想，这辈子都不会有这样的诱因。我永远也不会像爱他那样爱上另一个男人！

再次恳求你的原谅，请保证你会原谅我。

亲爱的父亲，不要为我的幸福担忧，我敢说我会幸福的。我无法说服自己匆匆忙忙托付终身，但可以肯定，这个男人也不会容许我考虑太久。

我若渴望拥有一段谨慎、便利的婚姻，那么，相信只要精心设计，我便会成功。曾有那么一位青年，他并不像巴洛先生那么心急，但也差不多。他十分努力地加深与我的联系——我在拉洛兹先生的私人化装舞会上与他共舞,由此相识;后来,他上门拜访我两三次,给我写过两次字条,极力请求我和赫蒂收下舞会的门票,还说他可能又要离开——不过,在收到我对他的第二次字条的回复后,他就再也没出现过。简而言之,我早已决定,要么全心全意地依附自己,要么有勇气主宰自己的婚姻。

对于你的善意和对我的关心,我一直无比感激,并将永远感激。我衷心希望自己能够按照你的建议行事、回应你的关心,虽然在我看来,我并不值得这样的关心。

总之,只要我的存在尚能为教父提供慰藉(我自夸如此),我便能永远在落款处写下:

永远感激、深爱又忠诚于你们的弗朗西斯·伯尼

阿门!

1775年5月15日

至于那位男士的近况,我不曾询问——我得承认,无论从何种层面而言,这都对我的生活微不足道。

(张容 译)

我的爱无可救药

/ 雪莱

> 雪莱同表妹哈莉特青梅竹马，久而久之，他爱上了表妹。1810年，雪莱和母亲、妹妹同住在哈莉特家里，这期间，雪莱成功向表妹表达爱意，两人缔结婚约。可不久之后，哈莉特对雪莱信中提及的一些言论深感不安，跟父亲商量后，与雪莱解除婚约。此信便是雪莱向友人倾诉此事。

亲爱的朋友：

一收到你的信，我就巴不得即刻赶往伦敦，一位友人或可体恤这些无可慰藉的烦恼。我这周无法动身，待周日或下周一，如果你还在城中，我就赶过去。

你何故因我之自私、愚蠢（其恶劣影响一日不除，我便一日不可原谅自己）而懊悔不已？你何必徒增烦恼、为难自己？我只得视之为另类的亲密。相识之初，你我一见如故，我便知道你的所为乃是出于你的性格。寻求所爱之人的陪伴，有何道德败坏之处？欲借书信来往深入了解对方，以便她和我判断双方是否才智相当，是否有意更进一步、永结伉俪。这于情于理，有何逾矩之处？绝对没有。入情又入理，循规且蹈矩——符合"作者"对我们的性格设定。这算是伤风败俗？这算是自私自利？追求爱慕之人、追求幸福，算是非分之想？我相信，能思善辩如你，定会给出否定的答案。现在，容我问一问你：就算我的爱无可救药，我又有什么理由陷入绝望？

十有八九，她的性情不似我这般热情洋溢，难道这能说明她有先见之明？或许她不易脱离本我，难以体会君子爱美时那股油然而生的情愫。

舍妹曾试图替我美言几句，但徒劳无功。她如是说：

"即便我相信你兄长的人品与情操如你所述（虽说你自己难以察觉，你对他认可并崇敬，但我有理由认为你言过其实），但我有什么权利断定：明知一段亲密关系将以希望破灭告终,他仍会不管不顾、全情投入?他终将发现我何其藐小,全然不及他当初头脑发热时想象的错觉。"

此题无解,尤其是她觉得舍妹的美言乃是出于对兄长的偏袒,或许,舍妹的确过度吹擂了我的心意。

你曾说,我所追捧的人生哲理并非与最严苛的道德准则格格不入。你一定明白,它与约定俗成的世俗观念冲突。那么,它所触犯的不过是偏见与迷信。那种迷信的盲从,受到世间现行行为制度的启发,竟相信凡前人之言皆是不可辩驳的事实?

希望我的话能打动你,容我继续与你为友,这份情谊始终如一,更胜以往。

希望你不日便有机会与伊丽莎白[①]见面相谈。

如今我尚不能邀你来访,多么遗憾!个中缘由,待你我相会时再行告知。相信我,我亲爱的朋友,一旦我情况明了,我就将一如既往前去拜访。我有足够的理由哀叹自己命途多舛,但我不愿就此沉沦。我反而要为朋

---

① 雪莱最为年长的妹妹。

友的幸福努力，摒弃狭隘心胸，不求一己私利，在抱怨自己的坎坷前，先为朋友的不幸哀叹。我知道人类的一切失落起源于世俗的偏见，我亦如此。我还知道，世俗的偏见起源于盲从。

再会。请回信。请相信你最真挚的朋友。再会。

珀西·比希·雪莱

1810年12月23日，周日

萨塞克斯郡霍舍姆市菲尔德·普莱斯庄园

寄至林肯酒店广场托马斯·杰斐逊·霍格收。

（杜星苹 译）

我不屑于说谎

/ 夏洛蒂·勃朗特

> 这是夏洛蒂·勃朗特写给求婚者、她好友的哥哥亨利·纳西的拒婚信。在信中,她态度诚恳,言辞委婉,不仅没有伤害对方的感情,两人之后还一直保持着真挚的友谊。

亨利·纳西:

给你回信前,我花了很长一段时间琢磨你来信之意;其实早在我收到信件、拆开阅览的那一刻,我已当即决定了自己该怎么做,似乎完全没必要拖到今天才回复。

你知道,我对你的家人感激良多,至少出于某些特殊的理由,我与你的一位姐妹感情深厚,我也十分敬重你。如果我说,我心已决,无意接受你的求婚,请不要因此指责我,以为我别有动机。做出这种答复,与其说是我个人意愿,不如说是我不想昧着良心。我本身并不抗拒与你结婚——但我确信,以我的个性,无法给你这样一位绅士带来幸福。我向来习惯于研究身边人的性格,自认为很了解你,也知道哪种类型的女士更适合成为你的妻子。她不该性格激进、棱角分明、特立独行,而应和颜悦色、恭顺虔诚、平易近人、会讨人欢心,并极具"个人魅力",让你赏心悦目,备感骄傲与满足。至于我,你尚不了解,我并非你想象中那般沉稳、庄重、冷静——你会觉得,我浪漫且荒唐;你会说,我尖酸又刻薄。可不管怎样,我不屑于说谎,明知自己不能给一位值得尊重的绅士幸福,我绝对不会为了不成为老姑娘而结婚。

停笔之前,容我向你致以真挚的谢意,你在信中还提议在托灵顿附近办学校……事实上,目前我没有能力涉足这种项目,因为我资金不够——得知你生活安稳、诸事顺遂,我很欣慰……我还要补充一句,你并未在信中曲意逢迎,而是在字里行间透露出明智,让我佩服!

永远欢迎你以朋友的身份来信。

1839年3月5日

(杜星苹 译)

你不是为她好

/ D.H.劳伦斯

> 约翰·默里是英国诗人、批评家,也是劳伦斯的密友。他因办杂志社认识并爱上同为诗人的凯瑟琳·曼斯菲尔德。此事让他颇为困扰,于是他请劳伦斯帮忙分析自己的处境,劳伦斯以此信作为答复。默里收到信后,不久便同凯瑟琳结婚了。

亲爱的默里:

给你回信,我就开门见山、有话直说了。

你说不会拿凯瑟琳的一分钱,这就意味着你不相信她对你的爱。你说她需要留几分豪奢,你不忍将这些悉数剥夺,这就意味着你既看轻了自己,亦不尊重她的生活方式。

在我看来,你们两个人仿佛并未越走越近,而是在逐个切断彼此的连接点。依我说，你们都该坦诚地问问自己的心。她必须想明白是否真心喜欢你，愿终身与你为伴，此生不再接触其他男人。这意味着她要放弃某些东西。但我觉得，为了重要的放弃次要的是人生的唯一准则，只要人完全遵从自己的心。

她一定会想："跟杰克①单独住在意大利的一座小城市，朴朴素素地过日子，我能否感到幸福？"如果她的答案是能，就收下她的钱。如果她并非真心情愿，你切莫强人所难。

但你不要拐弯抹角。按你现在的方式，你俩势必各奔东西。或许她已经对你心生不满。你摆出正人君子的架势，更不能打消她对你的反感。你一定会想："我要怎么做，才能身强力壮、有钱有势，让自己和她都心满意足？"如果你已经赋闲半年，就继续闲着，收下她的钱。就算失去豪奢，她也没事；这不会要了她的命。你所说的豪奢是指什么？

如果她不愿赌上一生与你相伴，你就一个人申请国外的大学待一段时间。我提前警告你，你必如坠入地狱

---

① 约翰的昵称。

般凄惨。

或者也可以留在伦敦,两个人一步步走到头,各自挣扎煎熬,直到重新站稳,但需有坚决的态度。此事旁人无从插手,全凭你和凯瑟琳决定。

当然,人不能整日做梦、无所事事地混日子。难道你不能走出去?联系《西敏寺报》,要求其每周给你两篇专栏,你必须试试。你必须坚持写评论。你也该计划写本书,针对某个人或某种文学观点。我想以英国女英雄为题材写本书。你也该写些类似的东西,但不要如此浅显。你不要尝试写小说,可以写写散文,效仿沃尔特·佩特①或类似作家的风格。莫论人生,以文学为题,按这条路走,你一定能有所建树。

无论投身于哪种工作,在此之前,你必须休息,你必须修复你和凯瑟琳的关系,与她和好如初。破裂的感情正把你耗尽。你看,当她对你失去真心、心生不满,你便深陷泥潭。你眼光敏锐、见解高超,却写不出绝妙的作品,生活失去体面,才华得不到施展,真是遗憾。

---

① 英国文艺批评家、作家,文风精练、准确且华丽。

而她有能力为你提供条件。前提是,你不能对自己、对她或对任何人失去信任,一味地感情用事,迎合对她来说无关紧要的事。

…………

你如果希望这些事重回正轨,如果你已疾病缠身、筋疲力尽,就该把她的钱全收下,让她承担自己分内的家务。这样一来,她会明白你爱她。若她对你不满,你不可指责她。这就如同我若食不果腹,你不可指责我。可你这个傻瓜,你糟践自己,只为让她享受她并非真心想要的那一丝奢华。你不是为她好,你是在侮辱她。心存不满的女人才要享受奢华。而当一个女人深爱一个男人,就算是打地铺她也甘心。

…………

看,我们每个月付六十里拉①租这座房子;付二十五里拉雇一位佣人;食物极其便宜。你们每个月有一百八十五里拉就能过得很富足,出门在外,别人会尊你们为"阁下",会有人问候道:"二位贵人好!"对于凯瑟琳来说,这种生活已足够奢华。

---

① 意大利旧式货币单位。

振作起来，小伙子，拿出你的男子汉气概。做一个敢于接受而不是只知道施与的人，这才是真正的独立。

我觉得牛津的教育害了你。

这里风景秀丽，美不胜收。

一张十英镑的纸币能换二百五十三里拉。相信我们能给你们租一套漂亮的大房子，带一座大花园的独栋洋房，每月租金八十里拉。你别自暴自弃，别犯傻，别灰心。你知道自己有什么本事——你能写书。蓄势待发吧，你先安抚凯瑟琳，让她安心爱你，对她说："我保证能做到。"——听到你这句话，她一定会如释重负。别再孩子气——别再撒娇，像孩子似的不谙世事。你抛开一切，对她说："现在，我终于要为自己考虑了。"

弗里达和我正重新靠近彼此。这里美好至极……

D.H.劳伦斯
周四（1913年）
意大利拉斯佩齐亚海湾
菲亚舍里诺附近莱里奇

（杜星苹 译）